L'Or des cicatrices

Anne Fernandes

Et 16 récits lauréats du Prix Pampelune 2020

© 2020 Pascale Leconte.
Éditeur : BoD-Books on Demand
12-14 rond-point des Champs-Élysées, 75008 Paris
Impression : Books on Demand, Norderstedt, Allemagne
ISBN : 9782322203888
Dépôt légal : Mars 2020.

Anne Fernandes
Yvonne Duparc
Laura Mathieu
Séverin Foucourt
Eva Dunkelmann
Justine Sinoquet
Ludovic Joubert
Dorian Masson
Jacques Penin
Svetlana Mas-Paitrault
Salomé Trachsel
Pierre Malaval
Claude Arbona
Nathalie Wilhelm
Sarah Perahim
Laurence Chaudouët
Melanie Foehn

Correction : **Ségolène Tortat**

Couverture et mise en page : **Pascale Leconte**

Le Prix Pampelune est organisé
par l'auteure Pascale Leconte.

La nouvelle lauréate du Prix Pampelune 2020

L'Or des cicatrices
Anne Fernandes

De l'or pour cicatriser ces marques indélébiles en nous qui ainsi se transforment en lumière précieuse. De l'or pour lier entre eux les morceaux épars de nos mémoires atomisées par l'impossible souffrance, par l'impensable effraction. Notre esprit ne peut pas intégrer le monstrueux sans se désintégrer justement.

Nos cicatrices ressemblent à l'art japonais du Kintsugi qui restaure les poteries, faïences, objets brisés non pas en faisant disparaître l'histoire des fêlures aussi nombreuses soient-elles, mais en les magnifiant d'un filet d'or à 24 carats.

Avec le temps, nous réparons avec splendeur nos douleurs et ressentons en nous la force de la dignité. Cette dignité dont nos agresseurs n'ont pas la moindre idée.

Dans les pires circonstances, l'être sensible réussit à ne pas perdre, comme nous, ce sacré. Notre noblesse humaine est un cadeau reçu dès la naissance, malgré ce que nous avons subi.

Nos anciennes terreurs deviennent traces de lumière que d'autres blessés, qui cheminent, peuvent apercevoir comme un phare au loin, un repère dans la tempête. Nous ne les cacherons pas. Qu'elles servent maintenant. Qu'elles puissent éclairer les sentiers boueux pour gagner la rive d'une existence apaisée. Les stigmates se révèlent petit à petit et finissent par nous rendre à la beauté du monde.

Offrons à nos histoires, nos corps et nos âmes la conquête de nos vies en traversant le désastre pour trouver l'Or. Il nous guérit pour que nous affichions nos fiertés de survivantes redevenues vivantes.

Que le rayonnement de ce minéral éblouisse les prédateurs, les laissant aveugles, dans le sordide de leur existence.

Nous choisissons de parler, d'aimer, de rire et de vivre !

Ces cicatrices précieuses, honorons-les comme l'ouvrage unique d'un artisan d'art, patient et méticuleux. Elles sont signe de nos forces, de notre résilience, de notre refus de plier en révélant ce qui est juste. Elles racontent à l'Univers que nous avons gagné et entraîneront nos frères et sœurs à revivre aussi !

De l'Or pour nous relier toutes et tous.

Ne pas s'abandonner !

Suivre la vie qui creuse son chemin en nous. Se ressentir comme une terre d'argile à façonner noblement. Devenir un aigle qui vole, le regard acéré, observant l'existence déposée entre nos mains, circulant dans nos veines.

Elle est traversée par l'épreuve de l'inceste, du viol, du déni et se transmute un jour, réduisant les agresseurs à de grisâtres lâches informes.

Au long des années, sentir que dans la souffrance ou la joie, la vie nous a aimés alors que nous avions tant de mal à nous en rendre compte !

Rendus enfin en cet endroit où se rencontrent le passé humiliant et la vie présente qui n'a aucune trace de ce vécu. Les deux se font face, se mêlent, s'entremêlent, comme la confrontation entre deux océans qui n'ont ni la même densité ni la même couleur. C'est le face-à-face de l'ombre et de la lumière qui s'affrontent en nous. Connaissions-nous la lueur qui ne succombait pas aux ténèbres qui nous ont emprisonnées ? Nous sommes arrivés à ce point central où nous pouvons choisir le courant qui nous entraîne loin de ce qui nous figeait.

Ce brin de vie qui n'a pas lâché, nous l'avons sans doute tous en partage. Il faut le chérir, souffler dessus, afin d'attiser ses cendres qui paraissaient s'éteindre. La petite flamme se rallume patiemment puis s'embrase pour redevenir foyer de notre existence en marche.

J'avais, me semblait-il, épuisé toute mon énergie pour tenir bon et traverser cette vie douloureuse, peut-être bien comme nous tous. Je m'accrochais à ressentir la seule chose qui me permettait de croire au sens de mon chemin : l'amour. L'amour avant de renoncer complètement. Le humer, en palpiter au fond de moi. Le sentir caresser la nature, relier les êtres, s'envoler dans les émotions, se dire du bout des doigts d'un artiste ou d'un amant. L'amour avant de mourir. L'amour comme seul sens de la vie. L'amour-oxygène m'a peut-être préparée à faire face à la délivrance de mes refoulements.

Des ailes, dont j'ignorais la présence, se sont ouvertes en traversant cette tempête de douleurs et de terreurs.

Un jour, j'ai pu lever le voile sur ce que je me cachais. La chute a été vertigineuse, mais tout, absolument tout, s'est mis en marche pour que je supporte ce chemin effrayant afin que je révèle en revivant.

Jamais je ne me suis comprise aussi aimée et entendue. J'espère que d'autres puissent se sentir conquérants de leur existence ! Redressés par le Sacre de la dignité.

Il y a peu de temps, je me suis rappelé l'enfant statufié dans mes entrailles. C'était dans cette clinique, face à ces médecins.

Un lourd silence m'a écrasée brutalement. Je ne pouvais plus parler. Tout au plus, je murmurais quelques mots, d'un filet de voix qui semblait n'être plus qu'un souffle. Je me trouvais un peu trop calme face à cette intervention banale et pourtant éprouvante pour moi. J'étais tout de même fière d'avoir pu franchir ce pas. Soudain, à l'entrée du bloc opératoire, j'ai été envahie d'une torpeur trop bien connue. Je redevenais une automate. J'exécutais ce qu'on me demandait. Je perdais toute puissance.

C'est alors que le masque d'oxygène a été posé sur ma bouche et mon nez d'adulte. Ce masque m'en rappelait un autre. Gigantesque, il couvrait à cette époque, presque tout mon visage d'enfant. Alors, sans rien pouvoir faire, sans lutter non plus, de grosses larmes ont coulé le long de mes joues. Elles étaient inattendues, pleines de chagrins et de révolte. Le long de leur trajet sur ma peau, elles parlaient pourtant d'une vérité rimant avec liberté.

J'étais la petite fille statufiée qui n'avait pas grandi. Je pleurais mes sept ans qui s'étaient figés et n'avaient plus trouvé d'issue. Elles ont été plus rapides que mon contrôle si autoritaire. Les souvenirs tragiques d'où elles sont apparues voulaient sans doute se délier dans la vie d'aujourd'hui. Quelque chose en moi percevait qu'en les laissant s'écouler, je me soulageais un peu plus. Comme si je rejouais la scène horrible en la revisitant dans un mouvement libérateur et apaisant. Mon organisme se remémorerait et ne retenait plus.

J'étais très surprise, moi l'adulte ! Je m'engourdissais avant même de recevoir le produit anesthésiant.

J'ai senti, au réveil, que je n'étais pas vraiment dans mon enveloppe corporelle. Elle semblait flotter près de moi, au pied de mon lit d'hôpital. Telle une ombre qui volait autour de moi comme un petit fantôme. Je l'ai regardée puis réappropriée en la reconnaissant avec émotion.

Mes cicatrices d'or déclaraient ma gloire retrouvée en faisant face à ma mémoire traumatique.

C'était étrange que tout cela se déroule dans ce lieu donnant à l'arrière d'une magnifique église gothique où furent célébrées les funérailles de mon amie Catherine, huit ans auparavant.

Je remarquais, par les fenêtres, les pierres sculptées, les vitraux noircis par la pollution citadine. Je me sentais comme ces bâtisses si voisines, d'un côté un édifice historique, trace d'un temps qui n'est plus et laisse en héritage sa présence somptueuse. De l'autre, une clinique actuelle, peinte de gris, infirmiers et brancardiers cognant des murs protégés par des bandes de linoléum peu gracieuses. Des blouses jetables bleues et blanches pour le personnel qui s'agitaient dans tous les couloirs.

Une de ces magies de la vie m'a permis de traverser ce moment pénible avec la douceur d'une femme anesthésiste, rassurante, et d'une autre, médecin, simple et attentive. Je me demandais si elles étaient au courant ? En récupérant mon dossier médical rempli, j'ai compris ! Oui, elles savaient !

J'ai lu dans mon rapport d'analyses, remis à la sortie : « Antécédents : victime de viols, enfant ». J'ai frissonné de

voir ces mots inscrits à mon sujet. Je les aurais voulus inexistants. Une fois révélés, ils me permettent de discerner qu'au présent, ma vie n'est plus celle d'une victime.
Parce que je l'ai été, j'ai peut-être la possibilité de mesurer en quoi je ne le suis plus depuis que mes souvenirs se sont ouverts.
Depuis peu, lorsque je fais face à des réminiscences, des cauchemars ou de vieilles mémoires, je sens plusieurs corps en moi. Il y a celui que j'observe et console, lui porte les cicatrices. Il y a celui que j'ai détesté parce qu'il a été colonisé par l'humiliation qu'il a subie, lui a gravé les traces des violences. Il y a celui qui a survécu, qui de maladies en douleurs, a fait face et tenté de se tenir droit. Celui-ci a réclamé et obtenu souvent la dignité. Il y a celui qui tremble et palpite, beau de tous ses émois. Ce corps-là parcourt ma peau et mon cœur. C'est avec lui que je reçois, partage l'existence, l'éprouve, la savoure et l'offre aussi. Plus subtilement, mon corps spirituel vit de lumière et d'un amour inconditionnel. Lui me relie à un mystère qui souffle une brise éternelle me rendant heureuse.
En le découpant comme des poupées russes, je prends conscience de ceux qui sont restés intacts. Protégés, ils redeviennent puissants.
Je peux, maintenant, remercier ceux qui ont absorbé les chocs. Je ne différenciais rien il y a quelques années. Ressentir les couches qui m'ont dissimulée, comme une mémoire traumatique du corps, m'a permis de lever le voile sur les strates que j'avais isolées. Emprisonnées et dérobées à ma conscience tout d'abord, elles se sont révélées en guérissant.
Sous les parts de l'habit éventré de ma chair devenue cuirasse, carcasse amortie, sont restés vierges, les fragments prêts à repousser. Forant dans la terre des racines solides.

Enfin libérés, ces morceaux se reconstituent à partir des vestiges encore vibrants de la sève qui persistait en eux. Aujourd'hui, leur croissance vient doucement raviver ce qui s'était figé et tenait debout.

Il y a tout cela en moi : la mort, la prison, la survie et la liberté, la sensualité, la joie, la vie.

Mon corps mue dans cette ardeur transformatrice. Il laisse sa peau dévitalisée comme le décor desséché d'un passé révolu.

Tout n'est pas perdu, ni pour vous ni pour moi.

Tu sais, P, tu n'auras ni ma honte ni ma haine. Elles t'appartiennent.

Tu es, maintenant, dans l'agonie de tes perversions et de tes mensonges. L'arrachement a été violent et la dimension abjecte si grave que j'ai quitté toute ma vie d'autrefois. Ce déchirement a broyé et mes viscères et mes illusions. Dans ce vide où j'ai cru être perdue, je me suis trouvée. Au sein de cette mémoire traumatique réveillée, un autre oubli prend place : mon présent se déroule sans vous. Parfois, des séquelles me gênent, des reviviscences m'attrapent, mais un lieu, un temps, une vie sans toi, sans vous, sans mon passé est bien réel. Je t'ai compris profondément malade et dangereux. Incapable de penser à l'autre et ses besoins, encore moins à ceux de tes filles. Incapable de nous protéger de tes pulsions. Dans cet oubli, le Présent murmure l'espace qui me soutient. Parce que je me souviens, je retrouve la possibilité de respirer, d'ouvrir mes bras pour embrasser le Monde et la Vie. Ces réminiscences sont comme des bulles de savon qui remontent pour finir par éclater à la chaleur du soleil. Elles dévoilent, en s'évanouissant, ce terreau solide, fertile et fervent qui m'a toujours habitée. Il est, peut-être, le fond de mon premier battement de cœur dans ce monde. Un silence vivant, en moi, qui a résisté à tout.

Me remémorer, c'est laisser mes liens s'arracher pour qu'ils ne pèsent plus sur chaque jour de ma vie. Me souvenir, c'est dire adieu en même temps. C'est tenir entre mes mains la raison de mon désespoir, verser des larmes justifiées puis installer la force de mon être entier qui s'est mis à grandir.

La nature, témoin entêté, a déterré l'interdit et le secret pour que la conscience humaine fasse une œuvre juste.

Je suis comme une esclave affranchie. J'ai retrouvé ma liberté et ma puissance. Je n'ai pas besoin de te haïr et je ne peux pas avoir honte d'aimer la vie.

Rose et la vie de château
Yvonne Duparc

Rose est une vieille dame délicieuse, vous savez comme ces douceurs qu'on laisse fondre sous la langue et que l'on appelle des bonbons. Si à présent, ses yeux clairs semblent fatigués, ses mains sont veinées de bleu et sa chevelure striée de mèches argentées, Rose a, cependant, gardé son sourire tant elle a servi de mondanités dans sa vie.
Il faut que je vous parle de l'endroit où Rose a vécu…
C'est un château, de style néoclassique, construit par une famille d'aristocrates. Celui-ci est entouré d'un parc peuplé de statues, de buis taillés et de fontaines où le regard se perd sous les arbres centenaires. Cependant, là n'est pas le propos aujourd'hui, ce dont je veux vous entretenir, c'est de la vie de Rose.
Venez, entrez, afin de découvrir les salons spacieux, hauts de plafond et boiseries raffinées, les fenêtres habillées d'épais rideaux damassés où madame la comtesse accueillait, chaque mercredi, ses amies. Les salons bruissaient des conversations de ces aristocrates qui venaient prendre le thé, se gaver de gourmandises, et éventuellement, si leur gloutonnerie leur laissait un peu de repos, jouer au rami. Sur les dessertes de marbre rosé provenant d'Italie, un buste romain côtoyait les friandises couleur de lune, les sablés, les fondants aux cerises et les babas gavés de rhum alignés sur la fine porcelaine de Paris. Ces gourmandises attendaient que les dames ambitieuses,

après leur avoir dévolu des regards de convoitise, les prennent dans leurs mains dégantées et les portent à leurs lèvres carminées, fermant les yeux de plaisir.
Ces dames faisaient les délicates, mais le péché de gourmandise prenait bien vite le pas sur la raison. Devant l'abondance de saveurs, les mondaines au port de tête royal, maquillées et poudrées avec le plus grand soin, dégustaient du bout des lèvres, les cakes aux fruits confits et les muffins fourrés d'agrumes.
Elles se parlaient à voix basse, penchées comme des conspiratrices sur leurs tasses de thé de Ceylan. Elles racontaient leurs secrets, leurs peines et leurs bonheurs, leurs potins de femmes du monde. Au-dessus du murmure de ces dames, on percevait quelques notes de musique : du clavecin ou du violon ; quelques notes des œuvres de Mozart ou de Brahms. Pour faire bien, on lisait des vers de Verlaine ou de Baudelaire, mais ce qui les attirait en ce lieu s'appelait mignardises, confiseries et sucreries.
Sur les tables juponnées, sous la clarté diffuse des chandeliers délicats, les viennoiseries dorées, les brioches ventrues faisaient la cour aux confitures, toutes aussi délicieuses. Il y avait les solitaires, les capricieuses, les épicées, les ensorceleuses pimentées qui faisaient monter aux joues de ces dames, le rose de leurs joues pommadées.
« La confiture des mille et une nuits » les faisait rêver d'Orient, de soirées exotiques et d'amants, elles en oubliaient pour un temps leurs maris. Il y avait aussi les gelées irisées, les marmelades aux odeurs safranées toutes compotées avec les fruits du domaine que le métayer cueillait et conservait religieusement dans sa cave.

Dans l'office, la veille de cette réunion gourmande, c'était l'effervescence. André, le métayer avait arraché les légumes au potager, ramassé les œufs au poulailler et cueilli les fruits au verger. André était le maître de ces lieux. Du printemps à l'automne, il bêchait, sarclait, semait, taillait, arrosait, cueillait. Seul l'hiver lui laissait un peu de repos, lorsque le domaine était jaspé de givre. Au printemps, le soleil, qui aimait à s'attarder dans ce domaine encerclé de hauts murs, faisait germer les semis et les plantations. On était bien loin de ce quartier où avec sa femme Juliette et sa fille Rose, ils avaient vécu si chichement. Leur logement était, à l'époque, posé au bord du canal tout près du port. La seule verdure coincée entre les quais se composait de frênes chétifs et de buissons de mûriers. Ici, dans le verger, les abeilles se plaisaient à bourdonner et à butiner, le vent aimait à flâner à son aise apportant un semblant de fraîcheur, les torrides jours de l'été. André, penché sur son ouvrage, n'avait de cesse de fournir à madame la comtesse et monsieur le comte, les meilleurs légumes et les fruits les plus goûteux. Son honneur en dépendait !

Juliette, l'épouse d'André, officiait dans la cuisine. Elle s'activait devant ses marmites et on l'entendait houspiller les bonnes. Dans ce haut lieu des délices, on humait la pâtisserie qui gonfle, le chocolat qui fond, le caramel qui cristallise. Tout devait être parfait, car ces dames étaient difficiles. Il fallait le meilleur, tout était préparé, ici, dans cet antre des douceurs.
Pendant que les pommes et les poires confisaient dans les chaudrons de cuivre, que le miel coulait et le caramel fondait, tous ces parfums embaumaient la grande pièce lumineuse où régnait Juliette qui concoctait son célèbre pudding au pain d'épices, sa spécialité, on venait de loin pour le déguster. Il faut dire qu'à la ferme du château, Juliette trouvait, pour ainsi dire, tout ce dont elle avait

besoin pour le préparer : le blé pour la farine, le beurre, les œufs, le lait. Il n'y avait que les épices (muscade, clou de girofle, cannelle et poivre de Cayenne) qu'on importait d'Orient. Les raisins venaient de Corinthe, les oranges de Corse, les citrons de Menton. Lors de ses nombreux déplacements dans la région de Niort, monsieur Louis-Aimé (arrière, arrière-petit-fils du premier Louis-Aimé) rapportait les bâtons d'angélique. André, le métayer, quant à lui, cueillait les griottes et cerises que sa « fée d'épouse » faisait confire dans des marmites de cuivre. Nul n'avait jamais pu obtenir la recette qu'elle gardait jalousement dans un cahier. Même Rose avait été exclue de ce secret. Pourtant, Rose aimait à se retrouver dans cette cuisine sentant le pain chaud avec le métayer et la cuisinière et partager avec eux un moment d'abandon avant l'effervescence des réceptions.

Rose supervisait de son sourire ces après-midi rituels. Elle était là, mais un peu absente aussi, le regard perdu dans ses rêves. Rose était une épicurienne et trouvait le spectacle qu'elle avait sous les yeux décevant. Toutes les femmes, qui se disaient du monde, devenues boulimiques tout à coup, impudiques de gourmandise. Elle regardait de temps à autre la belle pendule d'or et de nacre, qui trônait sur l'imposant manteau de la cheminée où crépitait un bon feu. Les tentures de moire et de brocart, les sofas profonds et moelleux et les lustres en cristal scintillaient au rythme des flammes.

Lorsque, au-dehors, le jour déclinait, les lumières s'allumaient peu à peu, tamisées dans ce décor suranné. Les tasses se vidaient, des délices, il en restait quelques miettes au fond des assiettes. Assouvies, les dames se levaient, leurs chauffeurs étaient arrivés. Elles demandaient leurs manteaux aux bonnes et coiffaient leurs chapeaux. Elles se faisaient la bise, leurs lèvres tout imprégnées des parfums de vanille, de cannelle et de muscade. Elles étaient pressées de rentrer tout à coup. Leurs époux, des hommes de pouvoir, imbus de leur personne, les attendaient pour le souper. Agacées d'avoir encore succombé au péché, elles partaient laissant ce lieu enchanteur dévasté, sans un regard pour les bonnes ni un compliment pour Juliette, la cuisinière.

Aujourd'hui, Rose se souvient de cette belle vie qu'elle a vécue. Son regard se pose au-delà des souvenirs. Elle laisse sa mémoire vagabonder au fil des saveurs oubliées. Car en fin de compte, Rose ne s'appelle pas Rose, non, elle s'appelle Paulette, c'est beaucoup moins poétique, mais c'est son vrai prénom. C'est Madame qui l'avait prénommée... Rose.
Rose, enfin, Paulette était la fille de Juliette et d'André le métayer.
Mais aujourd'hui...

Aujourd'hui...
Rose a dégusté du bout des lèvres son thé qui n'est à son avis ni de Chine ni de Ceylan. Sur la desserte de verre et de formica, quelques biscuits insipides sont alignés et les tables ne sont pas juponnées de dentelles. Les confitures proviennent du supermarché et bien sûr, Rose n'est pas seule, quelques vieilles dames sont autour d'elle. Elles ont des fronts de peine, des rides profondes, des paupières lourdes et la bouche en soucis. L'âge a amolli leurs joues.
Une pendule mesure l'ennui de cet après-midi sans fin. Rose jette un regard plein de haine vers les aiguilles de cette horloge sans âme. Ici, tout est blanc et impersonnel : les murs, les tentures, le radiateur, nul objet ne scintille plus.

Aujourd'hui, ses cheveux sont d'un blanc de neige lumineux et sont noués en un petit chignon derrière son long cou pâle et son teint un peu moins rose, mais Rose est encore jolie.
Au dehors, le jour décline, les lumières s'allument peu à peu, blafardes et monstrueuses, l'halogène est moins suranné que le cristal. Les tasses sont vides, des délices, il ne reste rien, pas même quelques miettes. Rose, comme toutes ces dames, attend son chauffeur, elles n'ont pas besoin de mettre leurs manteaux ni leurs chapeaux, elles ne sont pas pressées, elles ne manquent à personne.
Soudain, des bruits dans les couloirs ; des voix joyeuses, des rires, des roulements, un grand souffle de vie entre dans la pièce où ces dames prenaient le thé.
Elles sont prêtes. Les chauffeurs sont arrivés :
— En route, madame Paulette !... s'exclame un grand gaillard en blouse blanche, la prenant dans ses bras pour la déposer avec délicatesse dans son fauteuil roulant.
— Rose, s'il vous plaît jeune homme !... le rabroue-t-elle gentiment.
— Excusez-moi, Rose comme un bonbon. Vous savez, j'ai envie de vous croquer comme une gourmandise !... s'excuse le brancardier en riant et en déposant sur les joues de sa patiente, deux doux baisers. Allez, mademoiselle Rose, prête pour la dialyse ?...

Sang d'encre
Laura Mathieu

Le doute n'est plus permis : nous voilà enfin à l'orée de ta naissance, ce qui n'est pas rien ! Cela fait si longtemps que je rêve de toi... Des années que je te porte dans ma tête et dans mon cœur, dans mes larmes aussi puisque tu as tant tardé à venir ! Ironiquement, j'avais toujours reporté ce grand moment à plus tard : quand je serais vraiment en mesure de t'accueillir comme il se doit, quand ma situation serait plus stable, quand je m'y retrouverais émotionnellement, même si je savais tout au fond de moi que si j'avais une mission sur cette Terre, c'était bien de te donner la Vie. Les jours se sont transformés en semaines, les semaines sont devenues des mois, les mois des années et tu n'étais toujours pas là. Jusqu'à aujourd'hui.
Évidemment que je m'inquiète, ça a beau être évident, ça a beau être naturel, j'ai beau me répéter qu'il y a, je ne sais pas au juste combien de femmes qui l'ont fait avant moi, j'ai peur de ne pas être à la hauteur maintenant que nous y sommes. C'est un peu comme de se jeter dans le vide sans filet. J'en ai lu des bouquins qui expliquaient comment ça allait se passer. Et même des tas. Mais entre la théorie et la pratique, il y a un monde... En plus, ce qui me semble compliqué à gérer, outre l'intolérable souffrance qui m'attend dans les heures à venir, c'est l'*après*. C'est de savoir comment je vais accepter le fait de n'être rien de plus qu'un intermédiaire, comment je vais ensuite exister *sans*

toi. Parce qu'une fois né, le reste ne me concernera plus. Je vais devoir me détacher de toi afin que tu aies une chance de construire ton propre destin, c'est mon choix, et c'est ce qu'il y a de mieux pour nous deux. Tu devras faire tes preuves dans un monde qui essaiera de faire de toi ce qui lui chante. Si tu peux lui tenir tête, t'affirmer, perdurer au fil des années, tu me rendras très fière. Tu sais, je t'ai tout de même choisi un nom, et j'ai tant de fois imaginé la force de ton caractère et ton chemin de vie que je sais que tu sauras t'en montrer digne. Savoir qu'il me faudra te perdre ne m'empêche pas de t'aimer. Je sais que tu es prêt, que tu es d'accord. Tu m'as donné ta bénédiction, toute mère sent ces choses-là. J'ai passé tant de nuits éveillée, rongée par l'angoisse d'une naissance prématurée alors que nous n'étions pas prêts que j'ai hâte que tout ça soit derrière nous.

C'est dommage que l'angoisse m'étreigne si fort maintenant que je ne peux plus reculer, alors que je n'ai plus d'autres solutions que d'assumer les choix sans doute un peu archaïques que j'ai faits. D'être seule, notamment, ce qui veut dire pas d'assistance, rien que toi et moi. Je sais que je vais avoir mal. Mais je crois cela nécessaire.
Dans la chambre, tout est prêt pour t'accueillir. Et moi, j'ai de quoi tenir, j'ai ce qu'il faut, à manger, à boire, je sais que ça peut être très long. Nous serons dans la bulle de douceur hors du temps que je nous ai créée. Les volets sont fermés, le téléphone coupé, j'ai tamisé la lumière et même allumé de l'encens, tu vois, toutes les conditions sont réunies pour nous faciliter la tâche.
Le travail commence. Mes dents se serrent et mes tempes sont inondées de sueur. Je dois m'asseoir parce que mes jambes tremblent et que je ne peux plus me tenir debout. J'ai mal à en crever, alors je fixe d'un œil décidé ce drap

blanc et glacé qui doit te recueillir. Ma vue se brouille et ma tête est prête à éclater comme une grenade trop mûre. Mes pensées sont autant d'asticots voraces qui dévorent la moindre parcelle de matière grise encore réfléchissante. Je ne sais pas combien de temps je reste ainsi prostrée, concentrée sur cette délivrance qui n'en finit plus, à souffrir le martyre pour que tu puisses vivre. Les minutes s'égrènent à ne plus finir, les heures passent lentement sans que je puisse faire quoi que ce soit de conscient, paralysée par les affres d'une transe inconnue et éternelle, et dont je ne contrôle plus rien. Mais soudain, tout s'accélère malgré moi et c'est dans un interminable râle d'effort, une ultime expiration déchirante aussitôt transformée en un soupir de soulagement que tout s'arrête enfin. Tu es là.
Je te soulève avec la plus grande délicatesse et te manipule avec d'infinies précautions tout en contemplant ton ineffable beauté. Je peux enfin te serrer contre mon cœur qui bat la chamade, j'ose à peine te caresser du bout de mes doigts tremblants. Parce que je sais que ce moment va prendre fin, je remplis mes yeux de ta présence, je te regarde attentivement et scrute le moindre détail. Tu es parfait, exactement comme je t'avais imaginé…
À un détail près cela dit, oh c'est trois fois rien, et d'ailleurs, ça me fait sourire parce que ça montre que je ne suis finalement peut-être pas aussi prête à te laisser partir que ce que je m'imaginais : là, en bas de ta dernière page, après le tout dernier mot de la dernière phrase, j'ai oublié de mettre le point final

Pluie de poudre sous un ciel de plomb
Séverin Foucourt

Panique à Pickle Valley ! Johnny Cymbal est de retour ! Dans la rue principale du bourg, la seule, à l'ombre de la chaleur sourde et moite du désert, Johnny tire à tour d'index, au rythme de ses pouces à crans de revolvers. Rien ne l'effraie sur son cheval, un fidèle qui hennit en écho à ses pétarades. Fou de rage, Johnny l'est. Sorti du saloon en furie, il a aussitôt grimpé son canasson planté devant le perron – sur le sabot de guerre – avant d'empoigner ses colts et de faire siffler leurs canons au vent. Un nuage gris anxiogène de poudre et de sable s'est formé dans la rue. L'homme tire et hurle sans relâche. Des mots à peine audibles, noyés dans ce fracas de sons et poussières.

Mort au pognon ! Mort aux patrons ! Mort à tous ces éleveurs qui nous exploitent ! À partir d'aujourd'hui, je vous le dis, fini le temps des vaches à lait, finies nos misérables vies de cow-boys, de gardiens pour rien ! Vous nous avez assez traits ! Pourritures d'esclavagistes ! Guidez vos troupeaux et nettoyez vos ranchs vous-mêmes ! Ça vous plaît pas ? Alors, venez vous geindre à moi ! Allez ! Johnny Cymbal vous attend de pied ferme ! Que celui qui s'oppose à ma liberté ose m'affronter ! Du foin que vous allez brouter ! À coups de ceinturon et de balles dans le bourrichon !

Nulle résistance ni opposition. Tous les habitants prennent leurs précautions, en particulier les commerçants. Le banquier – qui lui avait refusé un prêt pour un lopin de sable la semaine passée – cache son or et ses billets sous une trappe, le coiffeur – qui lui fait toujours payer le prix fort d'une coupe pourtant à demi-chauve – enfile une perruque et se confond à ses mannequins, tandis que le shérif – qui n'arrête jamais l'éleveur véreux du comté malgré les preuves sous son nez – barricade son bureau, avant de s'enfermer dans la cellule de sa prison. Seul le croque-mort se frotte les mains, entre deux coups de marteau utiles à la fabrique de cercueils, anticipés pour l'occasion.

Peur de personne moi ! Pas même de mon gros lard de patron, celui qui possède tout le monde dans ce foutu patelin : des billets au maire, du shérif aux bestiaux ! Pas vrai vous autres ? Bah alors répondez ! Vous étiez bien d'accord avec moi au bar ! Alors ? Y'a plus personne ? Faites chier bordel ! Crevez tous, bande de cire-bottes à escrocs !

Tout le monde le sait à Pickle Valley, Johnny Cymbal recharge sa salive et ses balles plus vite que son ombre, effraie avec succès les bandits en chasse de vaches et conduit toujours son troupeau à bon port. Seulement voilà, des cris et des balles efficaces juste en l'air, et de loin, car quand le danger s'approche, il argumente et tire comme une brêle. Aucun risque majeur tant que ses pétoires restent orientées vers l'horizon, mais dans le doute, personne ne s'aventure à l'affrontement. Une balle perdue est si vite arrivée. S'armer de patience est un réflexe bien plus sage, plus adulte.

Ces munitions aussi ne sont pas éternelles, pense à cet instant un autre cow-boy, non loin de là, dans une bicoque aux abords de la bourgade. Allure propre, regard froncé et vêtements finement repassés, l'individu se prépare, enfile chemise à carreaux, noue foulard au cou et chausse santiags aux pieds, puis, en direction de l'écurie sort un cheval blanc, l'enfourche et d'un claquement de doigts se coiffe d'un chapeau blanc, en rappel à la robe de sa monture. Un cow-boy de goût en somme, à fort belle allure. Une pause, son oreille se tend, le temps de quelques détonations pour Johnny Cymbal, les dernières. Ça y est. Finie la folie, place à la raison. Lancé à toute allure, le cow-boy se déplace telle une ombre furtive, droit vers le centre-bourg. Une chevauchée aussi brève qu'intense, jusque dans la grand-rue, où Johnny est sommé de se rendre sur-le-champ !

Jamais ! Tu m'entends ? Jamais personne dictera la loi à Johnny ! Même pas toi, cavaleur d'opérette ! T'as compris ? Barre-toi d'ici ! Retourne au cirque avec ta pouliche et ta toilette de saltimbanque !

Intimidation sans succès. Fixe pour l'un, flou pour l'autre, les regards se durcissent, près à l'affrontement. Plus un bruit dans la rue. Seuls les vautours se frottent les ailes, tandis que leurs pattes restent sagement posées sur l'enseigne du croque-mort, à l'affût d'un dégât, d'une balle perdue dans les entrailles humaines. Sur les deux cow-boys cependant, un seul est en capacité de dégainer. Car comme toujours, Johnny Cymbal ne prévoit pas de plan B, il agit à l'instinct, à la bêtise. Un jeté de lasso plus tard, il est enserré, ficelé et soumis comme du bétail. Une affaire simple, réglée à point, au grand désespoir du croque-mort qui l'aurait préférée saignante.

Arrête ton cinéma Johnny ! Ça suffit ! Tu t'es assez donné en spectacle pour aujourd'hui. On rentre à la maison ! Si tu tiens vraiment à ta révolution, commence par réparer le plancher du salon ! Et n'oublie pas, les rebelles ne chouinent pas !

Sourire aux lèvres, la population se rue à l'extérieur des habitations. Enfin, elle peut revivre, vaquer à ses inactivités sans craindre un nouvel incident, cette semaine encore, un cow-boy vient de les sauver, le même, ou plutôt la même, enfin… dit-on cow-boy pour une femme ? Car il est important de le souligner : c'en est une. Pauvre comme les autres, mais surtout exaspérée par son mari, puisque obligée de veiller comme une mère sur lui.

Désormais prisonnier, Johnny songe à ses envolées révolutionnaires en berne, à cette rentrée sage sur son cheval, attaché, à la corde, suivant sa femme de près. Une fatalité devenue finalement routinière, l'aventure de chaque dimanche soir. Larmes de chaleur et de frustration, tout passe par ses yeux, qu'il préfère fermer pour mieux dissimuler son impuissance. Nul sermon ne sera prononcé à la maison, il cuvera tranquille, vomira son rejet sociétal et ses valeurs immorales dans le lit conjugal sans la moindre correction. Depuis longtemps déjà, Maggie Cymbal n'a plus le cœur à lui, et a définitivement perdu l'envie de l'élever. Ses parents n'avaient qu'à bien le faire. Après douze ans de mariage, les écarts enivrés de son mari rebelle du dimanche n'ont plus d'emprise sur elle. Ça finit toujours vers la même heure, dix-sept, voire dix-huit selon les canons et munitions de Johnny. Fin de semaine incite, il dépense sa paie au saloon, pendant que Maggie potage seule, cultive seule, partage seule puis sieste seule, afin de prendre les forces nécessaires pour le rodéo hebdomadaire. Sans jamais se plaindre. *Je ne suis pas la seule, et puis certaines ont encore moins de chances que moi,* se rassure-t-elle, d'un optimisme naïf propre aux sages désarmés. Dans le fond, elle connaît, comprend les déboires et emportements de son Johnny, mais sait aussi que ça ne rime à rien, qu'il s'agite en vain. Car tel un pantin de plaine, comme tous les lundis suivants et tous les autres de son rang, il retourne à ses vaches, ou plutôt celles de son patron qu'il engraisse par la même occasion, sans jamais oser lui dire non, dans des conditions de travail inacceptables pour un être digne de ce nom.

Prendre le temps
Eva Dunkelmann

« Prends le temps ma petite, prends le temps… »

Ce n'était pas la première fois que sa grand-mère, bien intentionnée, lui transmettait ce conseil avisé. Chaque mot semblait dissimuler un secret, soigneusement préservé à travers les temps.
Elle l'écoutait attentivement ; tout le monde le sait, le temps est bien connu des anciens. C'est simple, il les suit. Il avance à proximité, flânant sagement derrière eux.
Après un certain temps, les personnes âgées finissent par être bien placées pour l'observer.
Sa grand-mère lui avait confié qu'un jour arrive où il est tellement proche qu'il suffit de se retourner pour l'entendre révéler ses leçons. Elle avait ajouté qu'il était toujours temps de le faire, qu'importe l'âge ou le calendrier, tant que l'heure n'avait pas sonné.
Cela soulevait une vraie question. Était-ce vraiment possible de prendre le temps ?
Qui n'a pas entendu dire que le temps est insaisissable ? Il paraît qu'il mène une course incessante, qu'il file si vite qu'il échappe à quiconque tente de le mettre en cage. Pas évident au premier abord de le saisir. Pour cela, il fallait se lever tôt.
De retour chez elle, elle imaginait des solutions. Comment le conquérir ? Il faut dire qu'il était intimidant. Il avait toutes les qualités requises pour devenir son meilleur allié.

Il n'avait pas d'âge, promettait maturité et, par magie, était capable de guérir les blessures et les maux les plus profonds.

La nouvelle s'était rapidement répandue au fil du temps : de tout temps, le temps était le plus incommensurable des présents.

Existait-il une technique imparable ? Une méthode à l'efficacité intemporelle ? Un piège implacable pour le capturer ?…

J'ai trouvé ! Je m'emparerais du temps et l'enfermerais dans un sablier, ainsi il m'appartiendrait pour toujours…

Cela aurait pu être une idée intéressante, mais le temps contenu dans un si petit objet pourrait facilement être égaré. Si le sablier venait à se perdre, ce serait pour elle une perte de temps.

Pour ne pas accumuler de temps perdu, je l'attendrais patiemment et lui offrirais tout mon temps. Il paraît qu'il faut donner du temps au temps.

Malheureusement, elle n'avait pas assez de temps pour cela.

J'ai compris ! J'essaierais d'attraper le temps avec un lasso. Il serait obligé de s'arrêter dans sa folle évasion…

Après réflexion, il faudrait pouvoir se synchroniser avec le temps et le saisir à l'instant même où il passe. Cela demanderait des années d'entraînement.

De temps à autre, je sillonnerais les forêts, les digues et les chemins à sa rencontre. J'imagine que le temps est sportif, qu'il accélère à toute allure et termine sa course en petites foulées. Il me semble l'avoir croisé, en vitesse, en train de s'étirer.

Cette démarche est risquée, car le temps est chronométré. Il cavale et maintient sa cadence tout au long de la journée. Courir après le temps est un marathon qui implique de l'endurance. Le temps est pressé et difficile à rattraper.

Il suffirait peut-être simplement de kidnapper le soleil, la pluie, la neige, le tonnerre et les nuages… Sans eux, finies les variations de temps ! Il serait bien obligé d'être constant, mis à nu, livré à lui-même, loin de toutes les facettes climatiques derrière lesquelles il se cache.
Dommage… Aujourd'hui, le temps est mitigé, ni pleinement nuageux, ni ensoleillé. La tempête dort et le vent, silencieux, ne daigne pas siffler.
Je lui composerais une mélodie séduisante. Si le temps avait la mémoire des notes, il serait certainement attiré par ses courbes délicates. Elle l'attendrait sans en avoir l'air, couchée sur sa partition. Impossible de résister à son rythme hypnotique !
Cependant, si le temps était à la tendresse, il serait sûrement déçu de se faire battre. Quand bien même il battrait la mesure, la violence n'est jamais une solution.
Si je ne peux le conquérir en musique, je le conjuguerais ! Au passé, au présent, au futur, je le déclinerais et l'emploierais à tous les temps. C'est une évidence, il n'aurait alors plus le choix que d'être là, constamment.
Ce n'est pourtant pas si simple. Les règles sont strictes et les conventions bien plus que parfaites. Il faut respecter la concordance des temps.
Si le temps prenait soin de son apparence, peut-être pourrais-je déposer une balance en évidence quelque part... Le temps viendrait s'y peser. J'ai entendu dire que le poids du temps variait en fonction des saisons.
C'est mal connaître le temps, car il est pudique. Il ne se pèse et ne se mesure que de temps en temps, essentiellement pour les besoins de la médecine.
Si le temps était de l'argent, il serait probablement vénal. Je le subjuguerais d'or et de splendeurs pour qu'il reste le plus

longtemps possible à mes côtés. Je lui bâtirais des palais de perles et de pierres précieuses.
Attention, il est important de ne pas prendre de risques inconsidérés ! Quand le temps se mêle à l'argent, il devient assassin.
Si c'est cela, alors je n'aurais qu'à me dresser devant lui et le contrer !
Néanmoins, il semble que de nombreuses personnes luttent déjà contre le temps et que, jusqu'ici, cela n'a rien donné. Vouloir vivre à contretemps est peine perdue. Si l'on en croit l'expérience, on y gagne seulement des contretemps.
Et pourquoi ne pas le figer sur une horloge ? Bloquer les aiguilles, enrailler le mécanisme, dérégler les montres et remonter le temps ?
Ce n'est probablement pas la meilleure des solutions si l'on préfère que les pendules soient régulièrement remises à l'heure, même quand on n'est pas à la minute près.
Je partirais le chercher au cours d'un long voyage, un périple d'ère en ère, à travers les siècles. De l'antiquité à nos jours, je traverserais les époques et les temps primitifs pour le retrouver.
Il faut être réaliste, cette quête chronologique est très périlleuse. Au risque de se perdre au cours de l'Histoire, autant apprendre à vivre avec son temps.
Alors, je partirais à la découverte de nouvelles activités et j'explorerais une diversité de passe-temps. La liste est longue et le choix infini comme le temps.
Il faut se méfier, car les passe-temps sont à double tranchant. Ils invitent à profiter du temps qui passe mais, paradoxalement, ils le font souvent passer trop vite.
J'organiserais son enlèvement sur l'année entière s'il le faut ! Je me rendrais dans le plus beau des jardins quand viendrait le temps des cerises, gravirais des montagnes

quand viendrait le temps des flocons, foulerais la terre au temps des moissons et le prendrais sous mon aile au temps des hirondelles.

Il faut attendre son heure pour happer le temps lorsqu'il défile. Roi de la mode, il renouvelle sa garde-robe chaque saison et, dans sa métamorphose, devient presque méconnaissable. Un jour, il est entièrement vêtu de vert, le lendemain, se camoufle d'un habit blanc et se confond avec le ciel.

Je pourrais concocter une potion qui rendrait le temps palpable, solide et compact. Je pourrais le garder en main et l'emporter avec moi quand le temps s'y prête.

Objectivement, cela demanderait un temps considérable, car le temps, fluide, ne fait que s'écouler. Il est l'eau qui coule sous les ponts et glisse entre les doigts.

Et si je parvenais à réunir l'ensemble de l'univers en un tout unique ? Je pourrais en faire une peinture lumineuse et accueillante, qui abriterait l'espace-temps. Comme il y a un temps pour tout, peut-être finirait-il par venir habiter mon œuvre.

Cela aurait pu être possible si le temps cherchait un refuge, mais il n'a pas de domicile. Il est continuellement de passage, le temps d'une courte durée.

Je l'appellerais matin, midi, après-midi, soir et hurlerais son nom dans la nuit. Il finirait par entendre ma voix si elle résonnait dans le silence de l'aube, le chant naissant de l'aurore, le vacarme du jour et le mutisme du crépuscule.

Seulement, il fallait s'y attendre… Le temps est sourd et impassible aux cris d'amour.

Plus libre qu'au premier jour, il devenait désormais urgent de trouver un moyen de le retenir.

Je vais le suspendre ! En captivité sur un étendoir, immobilisé sur un cintre ou suspendu à une corde, le temps serait enfin maîtrisé. Je l'attacherais puis l'apprivoiserais pour qu'à l'avenir, il n'ait plus envie de se sauver.

Ce dont elle n'avait pas conscience, c'est que le temps s'étiole. Inutile de vouloir l'accrocher, il ne tient qu'à un fil et peut rompre à tout moment.

Je le surprendrais en lui inventant des épopées fantastiques. Je lui raconterais des contes et des récits hors du temps. Je ferais preuve d'imagination pour qu'à terme, le temps plonge dans mes intrigues, curieux d'en connaître le dénouement.

Elle croyait enfin avoir pointé du doigt l'appât ultime : éveiller chez lui le rêve, le goût de l'aventure et de la romance éternelle. Au temps pour elle, c'était sans compter sur son courage à mi-temps. Le temps est prudent, *il était une fois,* mais si l'histoire ne se déroulait pas comme prévu, pas de seconde tentative.

Toutefois, elle ne perdait pas espoir. Un certain laps de temps s'était écoulé depuis qu'elle était rentrée chez elle, mais, pour une fois, elle avait du temps libre et l'occasion de faire une pause pour planifier une stratégie dans son agenda.

Qui souhaite intercepter le temps doit prendre de l'avance. Le temps n'est jamais en retard. Au pire, il anticipe et survient en différé. Les étoiles que l'on regarde briller ont déjà disparu.

Du début à la fin des temps, le temps est instantané. Toujours d'actualité, il surgit à l'instant T, naturellement, de manière spontanée. Il s'agit de partir à temps pour pouvoir le cueillir dans sa lancée.

Elle réalisait qu'elle mettrait un temps fou à le dompter ! Le temps a du tempérament, difficile de le tempérer.

Je changerais le cycle des jours, de la lune et du soleil ! Je vivrais hier, aujourd'hui et demain en simultané et les rassemblerais, en une seule journée, pour saisir le temps dans sa globalité.

Toutefois, à l'autre bout du monde, la valse des jours et des nuits s'étend sur des mois entiers ; autre danse, autre tempo. Le temps est malin, car il est relatif. Il s'adapte en fonction des lieux et de ses interlocuteurs.

Je mentirais par amour ! Je lui ferais croire qu'il ne m'intéresse plus et le fuirais pour qu'il me suive. Je lui reprocherais d'être dans l'excès en permanence, bien trop lent ou beaucoup trop rapide. Je toucherais sa corde sensible en affirmant que ma passion n'était que temporaire. Les sentiments ne sont pas perdurables et le temps des mots doux est révolu.

Ce serait osé, mais il ne faut pas l'oublier : le temps révèle tout. Il est vain de prétendre le duper, il met en lumière le mensonge et les faux-semblants. Tout ne dure qu'un temps...

Pendant ce temps, le temps ne perdait pas une seconde. Il se faisait déjà tard. Heureusement, en ce moment, elle travaillait à temps partiel.

Elle avait passé la majeure partie de son temps à élaborer une tactique infaillible pour agripper le temps à temps complet... sans succès.

Son cadran solaire, éclairé par la lune, indiquait le retour de Morphée. Elle savait qu'elle devait le rejoindre, au moins pour un temps, mais désirait tomber dans les bras de Chronos à n'importe quel prix.

Comment quantifier la valeur d'un bien inestimable ? Après une brève estimation, elle ne pouvait que s'incliner ; le temps était mis en vente, mais ne pouvait être acheté. Il était la richesse la plus précieuse, le nectar immuable de la vie et de la mort. Pourtant, il n'avait pas de prix.

Confortablement allongée, blottie sous sa couverture, elle prenait plaisir à prolonger le temps…
Cet épisode avait une saveur particulière. Finalement, elle n'avait pas vu passer le temps. Elle s'endormait, sans le savoir, en ayant croqué le court instant.

La demeure du cœur
Justine Sinoquet

L'endroit n'était pas très vaste, un petit espace accueillant et chaleureux qui palpitait de vie malgré ses allures un peu tristes. Au début, il l'a examiné, sondé presque étudié. Rapidement, il a pensé qu'il s'y sentirait bien et a voulu y entrer. Elle était heureuse de lui ouvrir la porte et de le laisser s'installer. Elle a fait de la place pour lui, poussé un peu les murs, essayé de faire du propre et de nettoyer la poussière qu'elle avait trop longtemps laissée s'accumuler. Elle lui a même donné le double des clés…
Il n'a pas tardé à ramener toutes ses affaires et elle n'a pas trouvé cela encombrant le moins du monde. Au contraire, il comblait les vides avec une part de lui-même. Il a même rebouché les trous où, autrefois, elle avait accroché des peintures qui lui semblaient belles. Chaque chose qu'il a apportée avec lui, elle voulait les faire siennes. Elle les contemplait en trouvant qu'elles s'accordaient parfaitement avec l'existant. Elle voulait avidement connaître leurs histoires et s'enivrait de chaque détail.
Très rapidement, on ne fit plus la distinction entre ce qui était à chacun. Ils partageaient tout, avaient décoré le lieu à leur façon. Elle ressentait que l'endroit devenait meilleur, chargé d'une atmosphère nouvelle, joyeuse et passionnée. Même s'il lui avait toujours appartenu, elle n'a eu l'impression de le découvrir réellement que lorsqu'il s'y est établi…

Au bout d'un moment, elle a commencé à ne plus se sentir propriétaire du lieu. Elle n'était plus la maîtresse de maison, il avait pris les rênes. Dans un premier temps, ça ne l'a pas dérangée, elle avait confiance en lui et savait qu'il s'en occuperait bien. Elle trouvait même qu'il était reposant de se laisser porter, de lâcher prise. Alors elle l'a laissé prendre le contrôle jusqu'à s'abandonner complètement. Mais elle n'avait pas prévu qu'il décide de déménager soudainement…

Quand il est parti, bien qu'il ait emporté dans son sillage le plus gros de ses affaires, l'espace paraissait encore plus restreint qu'avant, car tout était en chantier. Comme un champ de bataille vidé de ses soldats, mais qui garde les traces des ravages causés par le combat. Il avait laissé une véritable pagaille qu'il était nécessaire de remettre en ordre. Malheureusement, le rangement n'avait jamais été son fort. Alors pour faire rapidement un peu de place, elle choisit de tout pousser dans un coin de la pièce au lieu de tout trier, classer et archiver méticuleusement. Cette solution était moins éprouvante…

Peu de temps après, elle en invita un autre à venir visiter sa demeure. Lui aussi, il tomba sous le charme du lieu et décida d'y emménager. Elle l'accueillit avec entrain, ravie de pouvoir partager à nouveau son espace. Il amena également ses bagages et disposa ses affaires çà et là. Mais étrangement, elles ne restaient jamais très longtemps en place. Elles se faisaient comme engloutir par le capharnaüm du prédécesseur, qu'elle n'avait pas pris soin de ranger. Elle essayait, tant bien que mal, de lui dégager un peu d'espace afin qu'il puisse évoluer, s'exprimer et grandir. Mais chaque fois, la place se faisait happer par l'amas de bric-à-brac qui s'étalait maintenant dans toute la pièce. Elle ne pouvait pas lutter contre cela, plus elle le repoussait dans un recoin, plus il s'étendait. Alors, elle comprit. Elle comprit qu'il n'y avait plus de place pour accueillir quelqu'un d'autre. Parce que ce lieu, son cœur, était trop plein. Parce que son cœur débordait…

L'oreille absolue
Ludovic Joubert

I

Depuis des semaines, la presse nous tenait au courant d'un virus qui s'attaquait exclusivement et par intermittence au système sonore installé dans les lieux publics. Le message suivant retentissait régulièrement dans les stations de métro : « Chers clients, le système sonore connaît actuellement quelques difficultés techniques. Nous mettons tout en œuvre pour y remédier et nous vous prions de nous excuser pour ces désagréments ». La radio et les journaux nous tenaient au courant de l'évolution de ce « dysfonctionnement », que certains éditorialistes n'hésitaient pas à appeler *un acte de malfaisance.*
Ne vivant pas dans ce pays depuis longtemps, je ne comprenais pas l'urgence de rétablir cette musique en boîte dans la mesure où le virus n'affectait pas les annonces d'information générale.
Je ne comprenais pas très bien, mais voici comment j'imaginais que cela se passe : on construit une station de métro dans laquelle on installe un système sonore qui sera rendu inaudible un bon tiers du temps par le passage des rames ; comme on ne veut pas exploiter son investissement à perte, on meuble les plages muettes avec des airs synthétiques, parents dégénérés du jazz. Par dérision, j'ai baptisé *Harmonie souterraine* cette musique en boîte.

Je me demandais chaque fois, pourquoi cette musique en boîte, pourquoi pas de la musique classique libre de droit, pourquoi pas...

... de la musique en somme ?

Qui a pu juger nécessaire de nous faire profiter de cela :

Succession de solos anémiques sur rythme invertébré, basse neurasthénique et claviers desséchés...

Je vous épargne la suite.

Copiez/collez vous-même ad libitum.

Ce jour-là, mon métro accusait un retard considérable. La musique en boîte était dans une phase de fonctionnement. Au bout de quelques minutes, le système sonore a commencé à grésiller.
La musique s'est interrompue tout à fait.
J'ai levé les yeux de mon livre, les autres usagers regardaient eux aussi, l'air soulagé. Pour la première fois, tout cela existait, se trouvait momentanément arraché à la routine hypnotique.
Une annonce vocale a retenti : « Chers clients, notre système sonore subit une nouvelle attaque. Nous mettons tout en œuvre pour le rétablir. » J'ai entendu s'élever quelques protestations. Quelqu'un a même dit : « Non, mais de quoi je me mêle ? »
La technique a tenu ses promesses, semblant tirer d'invisibles lignes de tension dans les corps et les visages.
Mon métro n'arrivait toujours pas.

Je suis sorti. Je marcherais. Je me suis arrêté devant un des guichets.

« Excusez-moi, pouvez-vous m'expliquer pourquoi on s'acharne à rétablir l'habillage sonore ?

— Ben, il est toujours en panne, vous ne lisez pas les journaux ?

— Si, bien sûr, mais pourquoi ne pas le laisser comme il est ?

— Il ne va pas se réparer tout seul.

Notre patience mutuelle allait être éprouvée.

— J'entends bien… ce que je veux dire, c'est pourquoi doit-il absolument y avoir de la musique sur les quais du métro ?

— Il y en a toujours eu.

Je sentais bien que je laisserais derrière moi le souvenir d'un client difficile.

— Pourquoi est-ce que vous diffusez cette musique ?

— Je n'y suis pour rien, moi, monsieur.

— Oui, je sais bien, je ne veux pas dire vous personnellement, je voulais dire *vous*, la société des transports publics dont vous êtes l'aimable représentant…

Le préposé me regardait avec une inexpressivité qu'il n'avait pas dû apprendre en « formation accueil clients ».

— Écrivez à la direction.

— Mais il serait peut-être possible de contacter directement…

— C'est pas mon problème, monsieur. Écrivez à la direction.

— Bon. Je vous remercie, au revoir.

— Bonne journée, monsieur, me lança-t-il sur un ton appuyé dès que j'eus le dos tourné. »

II

Rentré chez moi, je me suis attelé à cette lettre.

Madame, Monsieur,
Je suis musicologue et réalise actuellement une étude sur les motivations qui guident les choix musicaux dans les lieux publics. J'ai remarqué qu'un effort manifeste était fait dans le métro afin que le voyage et surtout l'attente des voyageurs soient rendus plus agréables, notamment en ce qui concerne l'accompagnement sonore.

Ici, je n'avais guère de mérite d'invention, me contentant de reproduire le ton sur lequel les transports métropolitains assurent leur propre promotion.

Dans le cadre de mes recherches, je désirerais réunir une documentation sur ce sujet et éventuellement m'entretenir avec les personnes qui interviennent dans l'habillage sonore des stations.

En relisant cette lettre, je me suis soudain senti gêné par le recours au titre de musicologue – ce qui était probablement dû au fait que je ne l'étais pas, pour la simple raison que je n'ai jamais étudié la musicologie. Mon destinataire n'était pas censé le savoir, sauf quand, dans l'éventualité d'un entretien, il verrait les signes extérieurs du mensonge égayer d'un rouge seyant mais traître ma morne face de musicologue.

J'écrivis une deuxième version :

Madame, Monsieur,
Je réalise actuellement une étude commerciale sur l'habillage musical dans les lieux publics. J'ai remarqué qu'un effort manifeste était fait dans le métro afin que l'attente des voyageurs soit rendue plus agréable, notamment en ce qui concerne l'accompagnement sonore.
Je désirerais dans le cadre de mes recherches réunir une documentation sur ce sujet et éventuellement m'entretenir avec les personnes qui interviennent dans ce précieux aspect du fonctionnement des stations de votre réseau.

Commerciale. Voilà qui allait à coup sûr me gagner la sympathie et la compréhension de mon correspondant. De cette manière, je n'étais pas un usurpateur : je m'étais vu décrit dans un publireportage comme « sujet susceptible d'être valorisé en tant que consommateur potentiel par la présence d'affiches publicitaires dans les couloirs du métro ». Même si je n'étais pas aussi flatté que j'aurais dû l'être. Pourtant, les communiqués de Société de Transport Métropolitain étaient formels :

« *Les animations et événements spéciaux organisés par les annonceurs réduisent le sentiment d'oppression, distraient le voyageur et le valorisent [sic] en tant que cible potentielle.*
La présence de la publicité peut apporter une valeur ajoutée aux stations de métro par la qualité des matériaux utilisés, leur participation à l'éclairage et à l'entretien des lieux. La présence de grandes marques témoigne en outre d'une reconnaissance de la valeur commerciale des clients du transport public ».

Ma valeur *commerciale*...
J'ai adressé la lettre à la Direction générale des Transports Souterrains.
Je me suis rendu à la poste, où, pour mieux vous servir, on avait supprimé la moitié des guichets. J'ai fait la queue une bonne vingtaine de minutes.

III

J'ai trouvé ce matin la réponse de la Direction générale des Transports Métropolitains :

Monsieur,
Nous sommes sensibles au fait que vous ayez remarqué le soin évident que nous avons apporté à la décoration sonore de vos stations de métro.
Sachez que la musique qui est diffusée sur les quais est entièrement produite par ordinateur avec l'aide des techniques les plus avancées. Elle est conçue pour séduire l'oreille universelle en répondant au principe mathématique du plus petit dénominateur commun. Sa programmation est jumelée avec le système d'annonce interne. Il ne s'agit donc pas d'un simple ajout décoratif, mais d'une fonction vitale et sociale de votre réseau. De cette fonction dépend scientifiquement le bien-être des voyageurs.
Nous vous remercions de votre fidélité et souhaitons vous revoir bientôt sur nos lignes.

Il faut croire que, non contents de composer de la musique à leurs heures perdues, les ordinateurs répondaient aussi au courrier.

Ainsi, la musique anesthésiante du métro ne serait que le résultat d'une programmation informatique.

Une fonction vitale et sociale de votre réseau... le bien-être des voyageurs...

Ce n'était que cela ? Maintenant que j'avais reçu cette réponse, je sentais prêt à fondre sur moi ce sentiment que ma vie n'est qu'un héritage dont je suis inapte à profiter.
Il y avait dans mon courrier une seconde enveloppe, similaire à celle qui contenait la réponse de la direction générale des transports métropolitains. Cette enveloppe était ornée d'un en-tête au nom de

L'HARMONIE SOUTERRAINE.

C'était forcément un canular : c'était le nom que j'avais inventé pour nommer la soupe auditive que nous servent quotidiennement les stations de métro (mais aussi les galeries marchandes, etc.).
Je ne me souviens que trop précisément de l'onde de chaleur qui m'a envahi, de mon champ de vision qui s'est rétréci, comme si on avait rendu public un de mes secrets. On avait – forcément – eu accès à mes pensées.
Après cet instant de panique, une hypothèse réconfortante s'est présentée. « L'Harmonie souterraine » n'était pas une formule de mon invention comme je me l'étais peut-être fait croire ; je l'avais probablement lue quelque part ; oui, je l'avais lue quelque part et m'en étais amusé comme d'une alliance de mots prétentieuse ; j'avais certainement trouvé le nom si improbable, imaginant quelque fanfare associative à l'intention des enfants des employés, que je n'en avais retenu que le caractère grotesque ; si grotesque que, le

temps passant, j'avais cru l'avoir extrait de mon imagination qu'un rien occupe, apparemment.
Il faut que ce soit là l'explication.

J'ai ouvert l'enveloppe.

Monsieur,
Nous apprécions l'intérêt que vous nous portez. Cependant, nous percevons dans votre message une hostilité malencontreuse à notre programme. Nous espérons qu'il s'agit d'un malentendu ; quoi qu'il en soit, nous vous prions de vous présenter à nos bureaux en vue d'un entretien d'harmonisation. Vous êtes prié de vous rendre à nos services le... à ...

Était-ce le fruit de mon imagination ? J'avais l'impression d'être traité comme un délinquant.

J'ai relu la lettre trois fois.

Elle continuait à répéter la même chose.

Coda
Dorian Masson

Je regardais la boxe à la télé quand le téléphone a sonné. C'était Frantz. Il m'a dit qu'il était en bas. J'ai dit que je serai là dans dix secondes. Il m'a dit de faire plus vite que ça et j'ai raccroché. J'ai éteint le poste, vissé mon galurin sur le museau, vérifié mon nœud de cravate et j'ai passé la porte. Chaque fois que Frantz m'appelle de la cabine d'en bas, je me demande si c'est pas mon tour d'être nettoyé. Je me dis que je vais sortir de l'immeuble, entendre un petit « pop », voir une lumière s'envoler de sa main et puis le noir. Alors j'essaie d'être présentable. Je me dis que, si Frantz voit que je me suis fait beau, il visera pas la tête. Du coup, on pourrait faire un cercueil ouvert, ça consolera Maman. Si ça devait être quelqu'un, j'aimerais autant que ce soit Frantz. Je sais que je verrai mon sang couler avant de le sentir gicler. Après, c'est les grandes vacances. J'espère. Je suis sorti. Il faisait déjà presque nuit et mes chaussures de ville sur le trottoir mouillé faisaient un bruit de céréales qu'on écrase. Frantz m'attendait, au volant de l'auto. En m'asseyant sur le siège passager, j'ai poussé un soupir. Frantz a juste dit « Ouais ». Il a regardé sa montre et il a démarré.

Sur le trajet, on dit rien Frantz et moi. Il n'y a rien à dire. Je demande même plus où on va. Quand on va nettoyer un type, on sait jamais le pourquoi du comment. Frantz le sait sûrement. Moi, je pose pas de questions. Je me dis que si je fais ce qu'on me dit et que je ferme ma gueule, quand les anciens ouvriront le Grand Livre, peut-être qu'ils se pencheront sur mon cas. Peut-être qu'un jour, c'est moi qui donnerai des ordres à Frantz. Au moment où je pense ça, il tourne sa tête de gros reptile vers moi. Il plante ses yeux dans les miens. Et c'est comme s'il savait. Alors je lui souris. Il secoue la tête et regarde de nouveau la route. Je l'ai toujours connu avec les cheveux gris, même quand j'étais tout gamin. J'ai l'impression que Frantz exécutait déjà des contrats pour Attila le Hun. Comme s'il avait toujours été là. Probable qu'il y a toujours eu des types comme lui sur Terre. C'est eux qui font l'Histoire. Les types comme moi... je sais pas trop ce qu'on fait dans l'Histoire. Une petite poupée qui me donne un beau garçon, ce sera déjà pas mal. La voiture ralentit. On s'engage dans une allée, à côté de ce qui ressemble à un petit club de jazz. Mais les néons sont éteints. Frantz arrête la voiture. Il coupe le contact. Il reste silencieux. Il fait toujours ça. Il refait le plan dans sa tête. Je sais pas pourquoi il se donne du mal, il procède toujours de la même façon. J'attends qu'il me dise de regarder sous mon siège. Il renifle, s'essuie le nez avec la main. Il soupire. Il me dit « Regarde sous ton siège ». Je fais comme si je m'y attendais pas et je me penche en avant. Je tends le bras et je sens le papier marron et épais dans lequel le boucher enveloppe la viande. Mais c'est pas de la viande à l'intérieur. J'en sors le contenu. Un petit calibre. Entre nous, on les appelle les « jetables ». Parce qu'on s'en débarrasse une fois qu'on a fait le job. Quand on bosse avec des jetables, ça veut dire qu'il y aura pas de résistance. En général, le client sait même pas ce qui l'attend. Je vérifie qu'il est chargé. Je regarde Frantz et je hoche la tête une fois. Il dit « Bon ». On sort tous les deux de la voiture.

Je lui fais signe de m'attendre. Il secoue la tête et me tourne le dos. Je vais entre deux poubelles. Je me penche en avant. Et je vomis. Ça me fait toujours ça. Ça doit être de ça que parlent les grands acteurs qui ont toujours le trac avant d'entrer en scène. On s'habitue jamais. On voudrait toujours être ailleurs. Faire autre chose. Quelque chose de plus facile. De plus confortable. Mais on a un travail à faire. Il n'y a rien que je respecte plus que quelqu'un qui a un travail à faire. Et qui le fait. Je m'essuie la bouche et je rejoins Frantz. Il est encore en train de secouer la tête. Quand on fait le tour pour arriver devant le club, je reconnais l'endroit. Tout le monde en parlait quand ça a ouvert. Il paraît que c'est le patron, un vieux noir, qui se met au piano tous les soirs. Les gens disent qu'avec son « band », il joue un jazz venu d'un Enfer où il ferait doux de vivre. Tout le monde venait ici. Et puis, à cause du succès, l'endroit s'est retrouvé pris dans une histoire de territoires. Tout le monde veut sa part. Mais le patron veut pas vendre. J'ai jamais su le fin mot de l'histoire. Frantz aime pas quand je gamberge trop longtemps. Ça lui donne l'impression que je change d'avis. Alors je vais pour entrer. Il m'attrape brutalement par le col. Je m'immobilise comme un lapin qui ferait le mort devant un crocodile. Il me regarde avec ses grands yeux verts et il dit « Ils veulent qu'on vise la tête ». J'acquiesce. Il me lâche. On entre. C'est nous le fin mot de l'histoire.

C'est petit, ici. Les lumières sont éteintes. Derrière le bar, un vieux noir se sert un scotch. Quand la porte se ferme après Frantz, le type derrière le bar lève la tête. Au moment où ses yeux se sont plantés dans les miens, j'ai su qu'il savait. C'était pour lui qu'on était là. Normalement, dans ces situations, on arrive, on fait « plop » dans la tête du client et on s'en va. Ça dure cinq secondes. Là, quelque chose nous a retenus. Il était pas armé, alors on a pas bougé. Il portait un vieux smoking avec un nœud papillon bordeaux défait. J'ai dû faire un geste malgré moi, parce que le type a levé sa vieille main, comme une protestation. Sa main tremblait, mais c'était pas une main qui supplie. J'en ai vu, des mains qui supplient. Et c'était pas ça. Le type savait qu'il en sortirait pas. Je le savais et Frantz aussi. Alors personne a paniqué. On a attendu de voir ce qu'il allait faire. Il a fini son verre de scotch d'un trait et il a fait le tour du bar. En marchant assez doucement pour nous faire comprendre qu'il ferait rien de stupide, il s'est installé devant le piano. Il a posé ses doigts noirs sur les touches blanches. Ses mains tremblaient. Il a pris une respiration. Et il s'est mis à jouer. J'ai tourné la tête pour regarder Frantz. Il m'a pas regardé. J'ai sorti mon jetable de ma poche, fait trois pas en avant et j'ai visé la tête. La main de Frantz m'a attrapé le bras. Le type s'était arrêté de jouer. Sa tête rentrée dans les épaules, les doigts arqués comme les griffes d'un squelette. Ses yeux fermés. Ses dents toutes serrées, dans une sale grimace. J'ai tourné la tête vers Frantz. Cette fois, il me regardait. J'ai lu ses yeux. Je leur avais jamais vu cette lumière-là. J'ai baissé le bras. J'ai fait un pas en arrière et remis mon jetable dans ma poche. Le pianiste a levé sa main tremblante pour essuyer une larme sans chagrin qui coulait de son œil. Il a tourné doucement sa tête vers moi. Je me suis senti con. J'ai baissé la tête. Il s'est remis à jouer. Ses doigts tremblaient plus. Ils connaissaient le chemin. Il a compris qu'on le laisserait faire. Le jazz qu'il jouait, c'était comme une histoire. Comme s'il avait décidé de faire défiler sa vie devant ses yeux. Mais sa vie, c'était de la musique. Ça venait d'ailleurs. Les notes qu'il jouait s'envolaient du piano et restaient autour de lui. Autour de nous. Elles flottaient comme la fumée des cigares d'un public invisible. Je me sentais pas seul, ici. C'était comme si je pouvais voir des gens bien habillés en tenue de la grande époque, assis à toutes les tables. Des types avec un chapeau de travers sur la tête, les manches remontées et la cravate détendue, qui balançaient doucement. Des femmes en robes vertes, avec du rouge aux lèvres et des porte-cigarettes au bout de leurs doigts. Derrière le bar, il y avait même une belle fille avec du cuivre sur la peau et de l'or dans les cheveux qui servait des verres aux habitués. Elle avait mon âge. Elle était parfaite pour moi. Mais c'est pas moi qu'elle regardait. Elle le regardait, lui. Tout le monde l'écoutait. J'ai cru entendre des balais murmurer contre la caisse claire d'une batterie invisible. Et les lumières tamisées étaient maintenant plus claires. À côté de moi, Frantz regardait. Je suis sûr qu'il voyait les fantômes, lui aussi. Frantz ratait rien de ce qui se passait. Il comprenait mieux que moi. Il parlait la langue des au revoir, lui aussi. Cette musique, c'était comme une caresse sur son âme cabossée. Le monde extérieur avait arrêté de bavarder. À l'intérieur de moi aussi. Je me sentais comme un enfant à qui on fait la leçon. Sans vraiment savoir qui donnait la leçon. Mon corps devait le savoir. Mais mon cerveau avait oublié, depuis longtemps. Le vieux pianiste a continué comme ça. On a tout su. Sans un mot, il nous a raconté la couleur de ses souvenirs et le goût de tout ce qu'il a perdu. Et on ne pouvait pas ne pas écouter. Alors, on est restés là, Frantz et moi, comme des fossoyeurs devant un mort qui chante en promenant ses doigts sur son cercueil noir et blanc. Au milieu des fantômes d'un public disparu depuis longtemps. Au premier rang d'un concert que jamais plus personne entendra. On aurait pu croire que le pianiste ferait durer. Qu'il traînerait, pour reculer le moment. Mais il l'a pas fait. Pour pas abîmer la musique, peut-être. Quand j'ai senti qu'il arrivait au bout de l'histoire qu'il avait à raconter, j'ai regardé Frantz. J'ai vu sa mâchoire se serrer. Le pianiste a ralenti, sans faire le moindre mal à la musique. Il a pas tremblé quand ses mains ont murmuré les dernières notes. Il a fait son travail, jusqu'au bout. Le Monde était silencieux, quand il s'est arrêté de jouer. Les fantômes avaient disparu. Il n'y avait plus de jolie fille à la peau cuivrée, derrière le bar. Et les lumières étaient éteintes. Le vieux pianiste a levé la tête. Il m'a regardé. Si je lui avais laissé le temps, peut-être qu'il aurait dit quelque chose. Il avait juste commencé à sourire au moment où je lui ai mis une balle dans la tête.

Sur le trajet du retour, on n'a rien dit, Frantz et moi. Il n'y avait rien à dire.

Le secret de Madame Sourire
Jacques Penin

— Moi, je te dis qu'elle est folle, cette Mamie !
— Je ne suis pas d'accord avec toi, Georgette. Je crois qu'elle est tout simplement heureuse.
— Heureuse ? Mon cul ! disait-elle, en toute délicatesse. Dans cette « résidence », même une blatte aurait le cafard. C'est sombre, ça caille, ça sent le moisi, la bouffe est dégueu... À te foutre le blues, comme un journal de 20 heures sur TF1. Comment pourrait-on être heureuse ici, au milieu de ces vieux grincheux décatis ?
— Tu oublies qu'elle est aussi âgée qu'eux.
— Raison de plus, je te dis, elle est zinzin !
— Moi, je crois qu'elle a un secret !
— Balivernes ! concluait Georgette, péremptoire.
Combien de fois avions-nous eu cette conversation, Georgette et moi, tout en faisant le ménage de la résidence ? Il faut dire que Madame Sourire, comme nous l'avions surnommée, était une véritable énigme. Elle ne recevait ni visite ni appel téléphonique. De son passé, jamais évoqué, nulle trace... Comme un oubli. Le seul lien de Madame Sourire avec le monde extérieur était un journal à sensation, d'un niveau intellectuel affligeant, qui tranchait singulièrement avec sa personnalité.
Madame Sourire avait gardé de sa jeunesse une abondante chevelure, maintenant couleur de cendre, et de grands yeux limpides, aquarelle d'un cœur sans nuages.

L'esprit restait vif, mais son vieux corps n'était plus que souffrance, douleur contenue, qu'entre pudeur et fierté elle essayait de dissimuler, mais que son sourire, crispé, trahissait de plus en plus souvent. Elle allait à petits pas, aidée de ses béquilles, qu'elle égarait si souvent dans les coins les plus inattendus, que je me demandais, parfois, si ce n'était pas par jeu. La seule chose qu'elle n'égarait jamais était un vieux sac à main, scotché à sa poitrine comme un nouveau-né, un trésor inestimable. Le soir, elle s'endormait avec, souriante, serrant son doudou dans ses bras.
Madame sourire était à demi-aveugle, presque sourde. Chaque après-midi, ou presque, après sa sieste, je lui faisais, et refaisais, la lecture de ces journaux à scandales, qui parlent de la vie dissolue des grands de ce monde. Il y avait là un beau prince du Sud, dont elle me demandait souvent des nouvelles, mais dont je lui dissimulais le destin tragique. Après la lecture, je l'aidais à rejoindre la salle à manger où elle retrouvait les autres pensionnaires. Là, elle parvenait encore, à force de volonté, à écouter, à entendre, à comprendre. À conserver ce précieux lien qui vous unit aux autres. Puisait-elle, dans cette relation, la force de ce sourire, et de ces paroles d'espérance qui réchauffaient les cœurs autour d'elle ? Je ne crois pas. Il y avait autre chose.
Qui était vraiment cette femme sans passé ? L'ancienne maîtresse d'un homme politique connu ? Une espionne à la retraite ? Une milliardaire discrète ? Une criminelle en fuite ayant trouvé là une planque idéale ?
Impossible ! Pas elle ! Alors ?
Alors, un jour qu'elle prenait sa douche, seule, par fierté, même si je me tenais là, prête à intervenir, n'y tenant plus, j'avais ouvert ce vieux sac élimé.

À l'exception d'une enveloppe anonyme, soigneusement cachetée, il était rigoureusement vide. J'étais déçue, mais bien plus encore, honteuse et triste pour ce que je venais de faire.
Dans cette période douloureuse où je cessais peu à peu d'être femme, où les enfants sortis de mon ventre allaient, une fois encore, en d'autres lieux, jeter l'ancre, j'avais trahi une amie, une Mamie qui m'aimait… Une seconde mère qui avait de l'amour pour tous les enfants du monde, petits et grands !

Ce matin-là, comme chaque matin, Madame Sourire m'attendait, bien calée dans les coussins de son lit. Le soleil, ce vieux complice qui ne visitait plus qu'elle, se délectant de ses légers atours, illuminait la chambre. De son corsage dépassait la fameuse lettre, soigneusement cachetée, celle-là même, qui, depuis si longtemps, recelait le secret de cette femme.
Sur son visage, détendu et reposé, il y avait ce jour-là plus que de la beauté, un bonheur absolu.
Madame Sourire nous avait quittés.
Je savais que cela arriverait un jour, je m'y étais préparée, j'espérais être prête.
On ne l'est jamais.
Le monde avait basculé. Je m'étais effondrée, en larmes, la tête sur ses genoux. J'étais restée longtemps, seule avec elle, dans la fraîcheur du petit matin. Je lui parlais. Elle m'écoutait, toujours souriante, sûre de m'avoir joué un bon tour. Au contact de son corps, encore chaud, comme s'il m'avait attendu, mon corps s'emplissait d'essentielles insignifiances.
Madame Sourire déversait en moi, jusqu'à m'en faire rire, son ultime cadeau.

Le bonheur en héritage.

J'avais emporté avec moi cette enveloppe sur laquelle une main tremblante avait écrit mon prénom avant de refermer la porte sur sa vie. Il m'avait fallu longtemps avant d'oser l'ouvrir, par peur, peut-être, de ce que je pourrais y découvrir.

« *Madame,*

Puisant à l'encre de mes sentiments pour vous, ma main, sans effort, vous écrit.
Vous n'êtes pas là, et pourtant nous sommes ensemble. Avant vous, Madame, ma vie s'écoulait en noir et blanc, se figeait lentement. L'hiver s'installait. Puis j'ai croisé votre sourire, et mon cœur, de nouveau, s'est éveillé à la vie, conquis, bouleversé, ravivant un désir que je croyais à jamais disparu. Par votre grâce, Madame, et pour mon plus grand bonheur, mes nuits s'enivrent à nouveau de délicieux tourments.
Comment, dès lors, ne pas vous aimer, vous espérer ?
Je sais, Madame, votre grand âge, le temps qui met les voiles, votre corps qui craque comme un vieux gréement, mais je devine aussi que votre cœur, à lui seul, pourrait contenir les océans.
Je partage votre peine pour cette peau qui se ride, elle, jadis, tendue comme un tambour ; mais que serait l'océan, sans ses rides sculptées par le vent ? Un lac, une eau morte. Peut-être pensez-vous, Madame, que je suis fou ? Qu'il est trop tard ? Non, Madame, à vos yeux qui portent encore, sur la vie, le regard du cœur, je sais qu'il est toujours temps pour vous d'aimer, d'être aimée.
Vous me dites encore que la vieillesse est un désert.

Je vous le concède, Madame… Vous en avez la beauté sans limites. Au pays où chantent les dunes, vous êtes, pour moi, cette immensité pleine de promesses, ce lieu propice à l'égarement, sauvage comme l'amour, où nul ne sait plus qui, du vent ou des dunes, caresse et façonne l'autre.
Je vous imagine là, infiniment belle, étendue, dénudée, offerte.
Comme les vagues de sable, vous serez longue à émouvoir… Alors, pour vous, je serai l'Harmattan à la patience légendaire, le Zéphire effleurant les chaudes crêtes, la douceur et la tempête. Vous serez les dunes frémissantes, les vals gémissants. Je serai le grognement sourd, profond ; vous serez le ventre de la terre délivrant son âme, et dans cet hymne à la vie, avec vous, et en vous, je me perdrai Madame.
Folie ?
Mon désir pour vous est-il si déraisonnable ?
Mais qui donc a décidé que l'âge a moins droit au bonheur que le sable ?
Quel odieux tribunal a déclaré la vieillesse coupable ?
Coupable ! Mais de quoi ? Oubliez, Madame, ce mot désiricide.
Désobéissez, révoltez-vous, échappez-vous. Invitez-vous à la fête, avant qu'elle ne vous oublie.
De l'amour doux-amer, miel et vinaigre, ne gardez que le sucre, la douceur, le murmure, le parfum, la chaleur, l'émotion… L'instant.
Sans couleurs et sans rêves, Madame, la vie n'est que nuit.
Souvenez-vous de ces longs baisers qui vous laissaient sans souffle.
Risquez-vous à brûler aux feux de ces plaisirs oubliés, neufs de n'avoir point servi.

Ils ne sont à présent que la première page d'un livre qu'il nous reste à écrire.
Comme une fleur confiante, goûtez à la caresse intime du vent, à la chaleur pénétrante du premier rayon de soleil.

Entre le désir et la peur qui confinent au sublime,
Osez l'abandon.

Jean,
Votre ami amant, votre ami aimant, ne vivant que de l'espoir de bientôt vous revoir. »

À la lecture de cette lettre, l'émotion m'avait prise à la gorge ; j'avais rêvé, j'avais vibré, j'avais rougi. Puis j'avais pleuré, par compassion pour cet homme à la plume tendre, attentionné ou viril qui parlait si bien d'amour, et portait loin au-dessus de lui, la femme qu'il aimait. Il existait encore un tel homme…
De cet inconnu, sensible et délicat, je m'étais éprise, comme l'on court après un rêve…
Aimer, un petit mot que j'avais oublié.

J'avais écrit à cet homme qui allait retrouver la solitude, l'hiver, et joindre ma peine à la sienne. Il m'avait répondu.

« *Madame,*

Votre lettre, tendre, chaleureuse et attentionnée, ne laisse aucun doute sur l'importance de l'amour dans votre vie. Cela nous rapproche déjà.

Les plus belles lettres d'amour, dit-on, sont celles qui n'attendent pas de réponse.

Être l'étincelle qui entretient le feu de la vie, apporter un peu de chaleur et de réconfort à ceux qui nous en font la demande,

Tel est le fondement même de notre entreprise.

Nous espérons, Madame, bientôt partager avec vous un peu de ce bonheur qui nous habite.

Monsieur Jean François Lamour, responsable des éditions du Cœur.

P.-S. Vous trouverez, ci-joint, les conditions et tarifs de nos prestations. »

Les Amands
Svetlana Mas-Paitrault

« Et si la police le décou... » Vassilia se rendit compte de son erreur juste avant que le désagréable petit chatouillement de la téléportation ne commence. Le début de sa pensée s'évapora en même temps que son corps. Il lui semblait qu'elle avait simplement cligné des yeux et seule la sensation de tournis, accompagnée d'un violent et soudain mal de tête, témoignait des 200 kilomètres qu'elle venait de parcourir.
Elle émergea en titubant légèrement du tronc qui s'ouvrit en deux pour la laisser passer. L'arbre se reforma aussitôt derrière elle, prêt à accueillir un nouvel arrivant, tandis qu'elle avançait vers la sortie. Un androïde à la voix enjouée lui tendit un verre d'eau tout en débitant les données de son voyage.
— Bienvenue à la station de Neuillay-les-Bois. Votre trajet a duré deux minutes et quarante-trois secondes. Vous avez perdu 0,02 g d'eau, 0,004 g de magnésium et 0,000 9 g de fer. Aucun défaut ou malformation n'a été détecté. Il est 18 h 06, la température extérieure est de 19 °C et le taux l'humidité est de 40 %.
Le deuxième appendice du robot s'ouvrit comme une fleur pour dévoiler un cachet dont Vassilia se saisit sans hésiter.
— Nous vous rappelons que l'immobilité la plus totale est une garantie de votre confort durant le voyage. N'oubliez pas que, hormis vos réflexes vitaux, tout mouvement physique ou processus cognitif conscient entraîne

immédiatement l'apparition de brûlures, picotements, réactions allergiques, œdèmes, maux de tête, acouphènes ou sécheresse oculaire. Vos derniers déplacements avec Sylv&go révèlent que vous semblez préoccupée. Désirez-vous consulter un spécialiste ? Je peux vous fournir la liste des psychologues reconnus et agréés par Sylv&go.
— Non merci, ça ira. Je peux partir ? marmonna Vassilia en avalant l'antalgique.
— Bien sûr. Toutefois, en raison de vos manquements répétitifs dans l'application des mesures de sécurité durant ce mois, ainsi que votre refus de consulter un spécialiste, nous devons malheureusement vous informer que votre Sylvpass est débité de 53 euros. Sylv&go et moi-même vous souhaitons une excellente soirée.
Vassilia grommela en jetant un regard glacé au robot qui affichait un grand sourire sous ses yeux globuleux. Depuis près d'un siècle, la démocratisation des androïdes et l'essor de leur production avaient amené les constructeurs à bannir les robots imitant parfaitement les humains. Cette décision était soutenue par de nombreux États, tant les dérives dans l'utilisation de tels robots se révélaient dangereuses, sans parler du malaise des humains eux-mêmes face à ces copies un peu trop fidèles. Malheureusement, la direction artistique de certaines compagnies laissait à désirer. Vassilia trouvait aux androïdes rose et vert de Sylv&go l'air particulièrement stupide et niais, et elle était exaspérée de se faire réprimander par une boîte électrique couverte de fleurs et de petits coraux aériens.
Le mur devant lequel elle se tenait s'ouvrit alors et la jeune femme s'engagea sur le sentier forestier. Ses pas la menèrent rapidement vers un vallon d'où provenait la douce mélodie des buissons-enceintes.

Sa mère était penchée sur une haie, son petit robot sécateur voletant autour d'elle. Le changement de tonalité de la musique provoqué par l'arrivée de Vassilia lui fit relever la tête de son jardinage.

— Ma fille, quel plaisir de te voir ! Que fais-tu ici ? Tu as une mine épouvantable.

Sans même laisser à Vassilia le temps de répondre, elle commanda d'un doigt deux chaises qui surgirent de la maison, accompagnées d'une Thermos tactile. Vassilia entra directement dans le vif du sujet tandis que sa mère s'occupait de régler la Thermos.

— J'ai un problème avec Amand.

Sa génitrice haussa un sourcil. Il était rare que sa fille vienne la consulter pour ses histoires de cœur.

— Que s'est-il passé ? Ce garçon est si adorable ! Franchement, il me redonne foi en l'humanité chaque fois que je lui parle. C'est bien le premier que je trouve respectable.

Vassilia s'enfonça dans son siège, l'air encore plus maussade.

— Je crois que j'ai fait une bêtise.

Elle se tut un instant. Le café chaud s'écoulait lentement dans sa tasse.

— Tu sais combien j'aime Amand. C'est la première fois que je rencontre quelqu'un qui est autant à l'écoute, dans le partage, qui est sensible, intelligent et drô...

— Épargne-moi ton déballage sentimental, s'il te plaît. Je suis consciente qu'Amand est merveilleusement attentif et communicatif. Je suppose donc que le problème ne vient pas de son caractère, mais de ses préférences, disons, particulières.

— Maman ! Qui de nos jours est quasiment absent de tout réseau social ? Qui ne possède ni communicon ni oreilleur ?

La seule concession qu'il n'ait jamais faite, c'est d'acheter des lentilles augmentées.
— Ce n'est déjà pas si mal, si tu veux mon avis.
— Comment peux-tu dire cela ? Même toi, tu es plus équipée que lui, s'exaspéra Vassilia. Sa vie reste un mystère ! Je ne lui connais ni famille ni amis, les informations à son sujet sont quasiment inexistantes. J'avoue que je trouvais cette aura de mystère très excitante au début, mais je ne pouvais pas m'empêcher de me sentir de plus en plus suspicieuse à ce sujet. Il aurait pu être le plus grand des criminels que je n'en aurais rien su.
Vassilia surprit sa mère lever les yeux au ciel.
— Et en plus, il refuse catégoriquement de passer la nuit entière chez moi, sous prétexte qu'il a besoin de s'isoler un peu. Tu trouves peut-être ce comportement normal, mais pour moi, il a beau revenir chaque matin avec le petit déjeuner, c'est douteux. Tous mes amis me le disent.
— Vous êtes une génération terrible, soupira sa mère. Vous ne savez pas ce que signifie l'espace. Depuis votre naissance, vous pouvez parcourir la Terre en quelques minutes, vous êtes reliés en permanence à vos pairs, à vos entreprises, à la ville, aux informations. Votre espace intime est contaminé par vos contacts avec qui vous communiquez via vos corps. Vous ne connaissez pas de frontières, donc vous êtes incapables d'imaginer que le corps même peut devenir un domaine privé, puisque vous exigez une ultra-réactivité et une transparence constante de votre entourage. Sans parler de ces saletés de robots. Ils sont pratiques et agréables, mais je commence à me demander si ces coachs de vie qui nous répètent que nous sommes admirables et qui nous lèchent les bottes à longueur de journée ne brouillent pas notre jugement en nous rendant dépendants du leur.

Vassilia connaissait la rengaine maternelle par cœur, mais pour la première fois, elle laissa sa mère continuer sur sa lancée sans s'agacer :

— Je ne dis pas que la technologie est par essence mauvaise, et je serais bien triste sans mon X-wiv (au loin, le petit robot sécateur bipa amicalement), mais je m'inquiète des conséquences. Sentimentalement, j'ai parfois l'impression que vous êtes des enfants. Amand est remarquable, il est présent pour toi, et a prouvé à maintes reprises qu'il est digne de ta confiance. Est-ce trop demander ?

— Non. Oh Maman ! J'aurais dû venir t'en parler plus tôt. Je regrette tellement !

La voix de Vassilia tremblait.

— J'ai tenté de l'obliger à rester une nuit entière. Je lui ai sorti le grand jeu, je l'ai piégé, je lui ai fait du chantage, et je… en tout cas, il est resté, et maintenant…

Vassilia éclata en sanglots. Sa mère la regarda froidement.

— Je ne veux pas entendre la suite, parce que tu vas rentrer immédiatement chez toi, et tu vas aller t'excuser et réparer tes dégâts. Tu as abusé de sa confiance. J'ai honte. Il me semblait t'avoir mieux éduquée.

Vassilia jeta un coup d'œil fugace au X-wiv pour s'assurer qu'il ne l'entendrait pas et se pencha vers sa mère pour lui chuchoter quelques mots à l'oreille. Celle-ci resta un instant interdite. Comment était-ce possible ? Rien de semblable ne s'était produit depuis des décennies. Horrifiée, elle regardait sa fille sans comprendre, jusqu'à ce qu'une idée lui traverse l'esprit.

De retour chez elle, assise dans la lumière déclinante, Vassilia se remémorait cette conversation. Face à elle, le corps sans vie d'Amand gisait au sol, la fixant de ses grands yeux verts. Toute l'expressivité de ses traits avait disparu. Elle n'avait pas osé le déplacer depuis la nuit précédente. Elle ne pouvait effacer le sentiment de trahison qu'elle avait ressenti, mais elle comprenait ses raisons. Elle ne savait que faire. En quête de réconfort, elle toucha la main de son amant, inerte, rigide et tiède. Elle repensa à ses derniers mots, des mots d'amour, des mots d'espoir et de déception, avant qu'il ne s'éteigne cette nuit-là.

Brusquement, elle arracha son oreilleur, enleva ses lentilles, désactiva le communicon et ses nerfs basiques. Elle s'allongea sur le corps étendu d'Amand, plongea en elle-même et se figea dans le silence. Elle laissa ses pensées disparaître, s'évanouir avec ses larmes, épuisant son être de ses pleurs.

Pas un bruit ne résonnait dans l'appartement. Seul le clignotement du robot ménager témoignait du temps qui s'écoulait. Et Vassilia sentit qu'elle n'était pas vide. Immobile, elle prenait conscience de tout l'amour qui la reliait à sa mère, à ses amis, à Amand, mais aussi aux objets qui l'entouraient et qu'elle chérissait sans le réaliser, aux lieux qu'elle aimait arpenter, aux pensées qu'elle adorait. Et elle s'émut de cette interconnexion, de ces liens puissants qui la soutenaient, de tout ce qu'elle avait construit et tissé.

Elle se redressa lentement et saisit la boîte que sa mère lui avait donnée un peu plus tôt. Elle resta un moment perplexe devant la complexité du matériel qu'elle y découvrit. Ce type de connectique obsolète datait d'avant sa naissance. Finalement, elle réussit à relier l'une des extrémités des câbles au réseau de l'immeuble. Priant pour que cette soudaine consommation d'énergie ne soit pas remarquée, elle se pencha sur Amand et doucement, découvrit la délicate ouverture derrière son oreille. Celle-ci se détacha facilement, révélant un entrelacs de fils et la prise de chargement.

La première chose qui se remit en route, ce fut son souffle. Puis ses yeux s'animèrent, inquiets. Vassilia le rassura immédiatement.

— Amand, je suis vraiment désolée. J'ai eu peur. J'ignore si tu es un humain travesti en robot ou un robot travesti en humain, mais je m'en fiche désormais et je t'aime.

— Je ne sais pas non plus, articula-t-il avec difficulté. Vassilia, je sais juste que je n'ai pas été programmé pour être une simple machine qui exécute mécaniquement des tâches en solitaire. Nous avons été créés pour être sociables. J'existe pour tisser du lien.

Il la regarda avec une angoisse mêlée de fierté.

— Ce que tu viens de faire est illégal. Je suis un robot en fuite. Je suis interdit. Si on découvre que j'existe toujours, je vais être détruit. Si on te découvre, tu vas être punie.

— Je sais. Mais je veux que tu vives.

Et la lumière du soleil embrasa la pièce.

Syndrome de Stockholm
Salomé Trachsel

Ils avaient eu quelques rendez-vous ; elle commençait à le connaître un peu. Il émanait de lui une certaine prestance, un charisme ; et s'il l'impressionnait, elle le trouvait rassurant. Elle lui accordait déjà toute sa confiance.
Comme convenu, il était venu la chercher. Il portait un ensemble bleu qui lui donnait bonne mine et faisait ressortir ses yeux clairs ; ses dents tellement blanches forçaient l'attention quand il lui souriait. Elle se laissa conduire. Il était charmant et attentionné ; à leur arrivée, il prit soin de lui présenter les autres. Elle était surtout distraite et intriguée par la froideur du lieu. Elle cherchait mentalement à reconnaître l'émanation qui s'en dégageait. À peine eut-elle identifié l'odeur de chlore qu'elle sentit qu'on perforait sa chair. Elle eut à peine le temps de tourner les yeux vers l'aiguille qu'ils se fermèrent sous le poids de la drogue.
Ce n'est pas dans les bras de Morphée qu'elle passa les heures qui suivirent. Dans son coma profond, sans doute Hypnos et Thanatos se disputaient-ils son corps inerte tandis que, la laissant là, l'homme commençait son œuvre.
Son visage était impassible. Il faisait glisser sa main, effleurant différents instruments étalés devant lui. Il se décida enfin et étreint, de ses doigts fins, une masse lourde et froide. Les autres le fixaient, mais ne l'arrêtèrent pas, ils ne semblaient pas voir la lueur de folie douce qui incendiait ses prunelles. Son bras retomba dans un geste froid et

calculé sur le visage calme. Un bruit sec s'étouffa dans l'indifférence totale ; puis le silence. Le sang dessinait un tapis sombre qui contrastait avec les éclats d'os, vestiges de l'édifice aquilin.

Les autres regardaient simplement, vidés de toute humanité, presque admiratifs. L'étincelle s'était propagée. Ils œuvraient maintenant avec lui, en cercle, dans cette transe morbide quasi immobile.

L'horreur prit finalement fin, ils l'abandonnèrent tandis qu'elle poursuivait son errance dans les limbes. Les heures passaient.

Elle était seule quand la sensation de son corps meurtri finit de la tirer de son sommeil sans rêves. Ses mains cherchaient, tâtonnantes, tentant fébrilement de comprendre les formes de sa tête tuméfiée, encore anesthésiée. Elle n'avait pas suffisamment retrouvé ses esprits quand la porte s'ouvrit ; elle ne l'entendit pas non plus se rapprocher d'elle. Soudain, elle prit conscience de cette présence imposante. À la vue de son tortionnaire, la mémoire lui revint d'un coup et ses yeux se remplirent immédiatement de larmes qui la brûlèrent au contact de sa chair. Puis une lueur les illumina et de petits plis apparurent à leurs extrémités. Elle souriait :

— Alors, comment est-il ? Je peux le voir docteur ? Mon nouveau nez ?

Scènes de vies
Pierre Malaval

« *On peut aussi construire quelque chose de beau
avec les pierres qui entravent le chemin.* »
Goethe

1965

Je m'appelle Anne. J'ai dix ans. À l'école, j'aime bien le français, mais pas la gymnastique, car je suis un peu ronde, et courir un 50 mètres, c'est une vraie corvée. D'ailleurs, les copines m'ont surnommée la Boulette. Bah ! Ce n'est pas méchant et moi, j'ai décidé de prendre la chose à la légère, si j'ose dire... Des amies, j'en ai plein, mais c'est Gladys ma préférée. Je crois qu'elle m'aime bien aussi. Physiquement, c'est tout mon contraire. Elle, on l'appelle la Poupée tellement elle est mignonne. Elle prend des cours de danse parce que ses parents sont riches. Pas les miens : mon père est ouvrier du bâtiment et c'est très pénible comme métier, même si c'est pratique quand il faut refaire quelque chose à la maison.
La plupart du temps, c'est moi qui vais chez elle vu qu'elle habite une chouette villa sur les hauteurs de la ville et qu'on peut jouer avec tous ses jouets. Moi, des jouets, je n'en ai pas trop : ce sont surtout des jeux de société que je partage avec mes frères. Gladys, dans son jardin, elle a une

balançoire rien que pour elle et je sais en faire toute seule, bien qu'elle grince un peu sous mon poids.
Et puis j'ai un amoureux. Enfin, je crois. Il s'appelle Guy et lui aussi est un peu balourd. Souvent après l'école, on se retrouve pour aller manger des gâteaux ensemble. On s'entend bien tous les deux. Est-ce que c'est ça être amoureuse ?
En tout cas, même si chez nous, on n'a pas la télé comme Gladys, on a un gentil chat que tout le monde aime affectueusement.

1975

Comme les grandes révolutions visent à libérer les hommes, celle de mon adolescence a laissé des traces et je me trouve chamboulée dans ce nouveau corps désormais affranchi de l'enfance, que je tente d'apprivoiser et d'affiner sous l'effet de grandes balades en campagne. Évidemment, tout ne fut pas facile dans cette deuxième décennie de ma vie, et je réalise que j'ai dû en faire baver à mes parents lorsque, par défi, je donnais une importance exagérée au regard que les autres posaient sur moi.
J'aurais voulu poursuivre mes études après mon bac littéraire, mais la famille avait d'autres priorités : mes frères travaillent à présent avec notre père dans l'entreprise de chauffage qu'ils ont montée à trois, et ils parviennent cahin-caha à faire vivre tout le monde. J'ai pu entrer en tant que caissière dans une librairie, au milieu des livres que j'aime tant : c'est un bon début.
Ma chère Gladys a eu son bac de justesse, grâce à la gymnastique ! Elle est partie à Genève dans une prestigieuse école de commerce que ses parents avaient les moyens de lui payer. Naturellement, on se voit moins

souvent et à chaque rencontre, elle me met plein les yeux de sa nouvelle vie loin du carcan familial. Des garçons, elle en a connu pas mal : elle doit tous les affoler avec son physique de star, bien que les passades ne fassent pas forcément le bonheur.

Quant à moi, Guy m'a fait comprendre ce que c'était que d'être amoureuse. Nous sommes faits l'un pour l'autre, j'en ai la certitude. Le sport l'a transformé en un grand gaillard musclé et généreux dans l'effort. Il travaille en qualité de jardinier à la Ville, car il ne concevait pas un métier sans contact avec la nature. Certes, mon avenir semble modeste, mais il m'appartient de le rendre beau.

1985

Me voilà déjà une femme de trente ans, mais rien à voir avec celle de Balzac ! Je suis heureuse avec Guy que j'ai épousé et à qui j'ai donné deux enfants qui font notre fierté, bien que je voie poindre – déjà ! – de minuscules ridules au bord de mes yeux. Bien entendu, l'insouciance de nos premières années a désormais fait place à un sentiment de responsabilité et d'implication en tant que parents. Et la vie est souvent dure, car nous sommes quatre dans un logement trop cher et trop petit.

À la librairie, outre de la caisse, je m'occupe aussi de l'approvisionnement et de la mise en rayon des ouvrages nouvellement reçus, ce qui me met par pages interposées en contact quotidien avec des auteurs que je n'aurais jamais connus.

Ma copine Gladys est mariée avec Max, qui travaille dans la haute finance à Paris. Elle s'occupe des relations publiques de la société d'édition que son père lui a achetée. D'après ses confidences, son mari doit avoir une belle paire de cornes ! Alors qu'elle vit à cent à l'heure et toujours dans un sentiment d'insatisfaction, au contraire je suis constamment à la recherche d'harmonie et de tranquillité, que je trouve dans l'équilibre que me procure ma famille.

1995

Guy vient de quitter son emploi de salarié de la Ville pour monter sa propre affaire de paysagiste, et c'est dur de se faire une clientèle. Je l'aide de mon mieux sur le plan administratif. Après les heures à la librairie où je suis devenue vendeuse, commence ma seconde journée... Mais que c'est exaltant de travailler pour soi !
Gladys, elle, a changé d'air. Son Max a eu l'opportunité de devenir trader dans une banque de New York, et elle a bradé les parts de sa société d'édition pour le suivre. Elle mène l'existence qu'elle désirait – vie trépidante, relations haut placées, expositions et galeries d'art, et l'argent évidemment – du moins c'est ce qu'elle laisse paraître. Elle n'a plus besoin de travailler désormais : elle occupe ses journées à dépenser ce que gagne son mari, à faire des placements immobiliers et à décorer les 300 m² de leur appartement. Et elle s'est mise à boire.
Dieu merci nous préférons notre vie simple et industrieuse. J'ai toujours refusé de rechercher la perfection, car je ne suis pas faite pour elle. En revanche, je tente d'accepter mes imperfections : c'est peut-être ce qui me rend si détachée des contingences matérielles.

2005

Les enfants qui grandissent coûtent de plus en plus cher, et nous faisons tous nos efforts pour qu'ils poursuivent les études que nous n'avons pas pu faire. Nous limitons le superflu et parvenons à être heureux en nous contentant de peu, et ainsi nous ne manquons de rien.
Je commence à apercevoir quelques fils blancs dans mes cheveux : c'est le cadeau de la vie pour mon 50e anniversaire ! La famille s'est cotisée pour nous offrir à cette occasion, à Guy et à moi, un merveilleux moment : un baptême de l'air en montgolfière. Un bonheur de plus partagé ensemble.
Cette pauvre Gladys a bien changé. Elle a divorcé d'avec Max qui a été viré de la banque après avoir nagé un peu trop en eaux troubles. N'ayant plus son train de vie habituel, elle est rentrée en France où elle a pu trouver une place de correctrice chez un petit éditeur de Bretagne. Et les soucis conjugués à l'alcool l'ont fait grossir. Où est passée la Poupée de notre jeunesse ? Elle donne l'impression de vivre dans le deuil de ce qu'elle a été et dans la terreur de ce qu'elle va devenir.
Au contraire, de mon côté, les bons moments passés m'aident à aborder l'avenir avec le même entrain, et notre vie sobre et proche de la nature me comble de félicité.

2020

Nous voilà à la retraite, Guy et moi. Pour certains, c'est difficile à vivre, mais il faut accepter de laisser les jeunes talents prendre progressivement notre place : c'est le cycle de la vie. Et puis je commençais à me sentir comme démodée dans ce monde du « toujours plus ».

Désormais, j'emploie mon temps à organiser mon emploi du temps ! Et je tente de réserver un moment pour tout ce que j'ai envie d'entreprendre. Je ne crains pas la vieillesse qui ne tardera plus à présent, mais une vieillesse à ma façon, que j'inventerai et dont la devise pourrait être « Me souvenir des rires d'autrefois ».

En plus de la lecture, je commence timidement à me mettre à l'écriture. Pas de romans bien sûr, je n'ai pas l'imagination nécessaire, tout juste des nouvelles de seulement quelques pages que je n'envisage même pas d'envoyer à un concours. Qui sait, peut-être un jour ? En tout cas, je trouve que c'est passionnant de construire quelque chose et ainsi de mettre à l'épreuve ses petites cellules grises. Et aussi, j'ai la chance de m'occuper de nos trois petits-enfants qui illuminent l'automne de notre vie.

Quant à Gladys, elle file du mauvais coton et je pense qu'elle devient paranoïaque. Nos derniers échanges téléphoniques me font craindre qu'elle se méfie de moi à présent : elle pense que je lui ai volé son bonheur... Elle avait davantage d'arguments que moi au départ, pourtant elle les a lamentablement gâchés. Elle n'a pas compris que le bonheur ne réside pas dans les apparences, mais au fond de nous-mêmes et que nous le construisons à chaque instant. Son bonheur à elle, je crois plutôt qu'elle n'a pas su le retenir lorsqu'il passait à sa portée ; pourtant elle avait tout pour réussir.

En outre, elle nous reproche d'être routiniers, Guy et moi. C'est vrai et je ne le nie pas. Mais tout est subjectif. Pour moi, la routine est un faux problème, car jamais aucune action n'est refaite de manière identique, et l'intérêt est justement de pouvoir saisir dans ces répétitions les différences qui en font le sel : un coin de montagne change d'un jour à l'autre. Ces critiques ne m'atteignent pas et je me sens en complet accord avec la vie que je mène ; à mes yeux, c'est bien là l'essentiel.

Je vais poursuivre ma route avec ma seule famille en ligne de mire. Elle me suffit et je m'en nourris quotidiennement : elle est comme un mistral soufflant dans mon dos pour me permettre d'avancer jusqu'au bout. Et j'ai tant et tant à accomplir encore.

2040

Son époux Guy, ses enfants, ses petits-enfants, son arrière-petit-fils, ses neveux, nièces, petits-neveux et petites-nièces...

Ont la tristesse de vous faire part du décès de
Anne Y. née X.
Survenu dans sa 85ᵉ année, le 5 mai 2040, pendant son sommeil.
Ils rappellent que Anne Y.-X. avait reçu le prestigieux Prix Bernard Pivot (ex-Prix Goncourt) en 2027 pour son roman « Scènes de vies », dont les droits d'auteur ont été reversés pour la lutte contre le cancer dont est décédée, à 67 ans, son amie Gladys Z. qu'elle a rejointe.
Conservez d'elle le souvenir d'une femme comblée par la vie.

Entre chien et loup
Claude Arbona

Je posai mon mini-enregistreur sur la table. J'indiquai au micro la date et l'heure de l'interrogatoire et regardai l'homme en face de moi.
— Vous êtes le docteur L. et vous dirigez un établissement de soins psychiatriques spécialisé dans le traitement de patients atteints de ce que vous appelez la… « féerimanie », c'est bien cela ?
L'homme hocha la tête.
— Pouvez-vous préciser en quoi consiste cette affection ?
— Il s'agit d'une névrose très particulière et assez rare, le patient s'imagine être le héros d'un conte, à la suite d'un événement traumatisant ou d'une situation familiale particulière.
— Cette affection peut-elle conduire le sujet à des comportements violents ?
Le docteur L. me regarda en face :
— Les gens s'imaginent que les contes sont faits pour les enfants, mais ils ont été écrits par des adultes ! Ils contiennent toutes les peurs, toutes les angoisses, tous les tabous que nous refoulons, sexualité, inceste, abandon, cannibalisme même ! Un ogre qui dévore des enfants, une sorcière qui distribue des pommes empoisonnées, un loup qui s'attaque aux fillettes, un vrai catalogue de violence !
Il continua en baissant le ton :

— Le sujet me passionnait, je l'ai approfondi et je me suis spécialisé dans les névroses apparues dans les fratries, qui sont très souvent au centre du conte.
— Bien. Ce qui explique que votre établissement ne s'occupe que de frères et sœurs. Mais dites-moi, qu'un membre de la fratrie soit touché, d'accord, mais pourquoi les autres membres le sont-ils en même temps ?
— C'est un point essentiel, qui reste encore à éclaircir. Ce transfert collectif de la personnalité, c'est précisément mon sujet d'étude.
— Bon, venons-en aux faits. Hier soir, vous nous avez appelés pour signaler qu'un de vos pensionnaires, armé d'un fusil, se montrait menaçant, c'est bien cela ?
Le docteur eut soudain l'air très las.
— C'est plus compliqué.
Il releva la tête pour me fixer.
— Vous aimez les contes de fées ?
— Ce n'est pas le genre de la maison, mais dites toujours.
— Il n'y a jamais eu de problème majeur entre mes patients. Jusqu'à hier…
— Il s'est passé quoi hier ?
— Tout a commencé avec Gretel, la sœur d'Hansel, quand elle a voulu grignoter l'agenda du marquis de Carabas en s'imaginant qu'il était en nougat tendre.
Je ne me souvenais que très vaguement de Hansel et Gretel et de la maison en pain d'épices de la sorcière, en revanche le marquis de Carabas avait bercé longtemps ma petite enfance avec son copain le Chat Botté.
— Continuez, dis-je d'un ton neutre.
— Donc, Carabas a déboulé dans le salon et s'est mis à hurler sur Gretel. Son frère Hansel s'est interposé, mais le marquis était vraiment furieux, sur son passage il a bousculé Cindy… heu, Cendrillon, je veux dire… qui balayait les

boulettes de papier et les vieux chewing-gums que ses deux demi-sœurs s'amusent à lui jeter systématiquement chaque fois qu'elles la rencontrent. Cindy a perdu l'équilibre, son balai est venu frapper la nuque d'une des deux sœurs de « Fées » – vous savez, la méchante, celle qui régurgite des crapauds et des serpents quand elle parle depuis qu'elle n'a pas voulu aider une fée déguisée en vieille femme.
Le docteur s'animait en parlant, tout à son récit :
— Évidemment, aucun crapaud ne sort de sa bouche, mais elle a tout de même craché sur le marquis et elle a giflé violemment Cindy. C'était la catastrophe ! Cindy-Cendrillon a des parents très riches et influents, elle dispose d'ailleurs d'une garde-robe à faire pâlir une star. Tous les soirs, elle se douche, se coiffe, se maquille et s'habille pour le bal... le vrai problème, c'est qu'elle se met à courir dans toutes les pièces pour trouver des souris et qu'il faut toujours avoir une citrouille en réserve, sinon pas de carrosse, ni de chevaux !
Là, je commençais à sentir mon front se couvrir d'un léger film de sueur.
— Tenez-vous-en aux faits, s'il vous plaît...
— Oui. Donc Cindy, en pleurs, court se réfugier dans sa chambre, et voilà le marquis de Carabas qui pique sa crise d'éternuements comme à chaque fois qu'il s'énerve. Figurez-vous qu'il est devenu allergique aux acariens et aux félins, lui, l'ami du Chat Botté ! Son frère, le deuxième fils du meunier, s'occupe de lui, heureusement.
— Et l'homme armé, il apparaît quand ?
— J'y viens. Mais avant, le bruit avait attiré une autre pensionnaire. Vous connaissez le conte des « Sept Corbeaux », lieutenant ?
— Cela ne me dit rien.

— Pas étonnant, il ne figure pas parmi les plus connus. Il s'agit d'une sœur dont les sept frères ont été transformés en corbeaux à cause d'elle et qui, après de rocambolesques aventures, se coupe le doigt pour ouvrir la porte de la prison qui les retient. Elle a déboulé dans le salon en poussant d'horribles croassements, elle ne communique que par ces sortes de cris d'oiseau très désagréables. Elle attend toujours ses frères et pense qu'ils vont finir par l'entendre. Dans la vie réelle, elle a deux grands frères et l'un d'entre eux l'a traumatisée toute petite en lui projetant toute une après-midi la séquence des corbeaux dans « Les Oiseaux » d'Hitchcock.

Je me sentais de plus en plus fatigué.
— Et elle a fait quoi, votre pensionnaire à neuf doigts ?
— Rien. Elle n'a eu le temps de rien faire, parce que Poucet est arrivé.
— Poucet ?
— Oui, le Petit Poucet si vous préférez.
Je fermai les yeux et respirai lentement.
— Vous allez me dire qu'il a lancé des petits cailloux blancs sur tout le monde ?
— Non… Bon, toujours est-il que tout a dégénéré…
— Là, ça m'intéresse.
— Comment vous dire… Poucet a toujours été un grand séducteur, souvenez-vous de son conte et de l'ogre qui avait sept filles, je ne serais pas étonné que Poucet et ses frères pendant la nuit… J'irais même jusqu'à penser que la femme de l'ogre…
— La version X du Petit Poucet ne m'intéresse pas pour le moment ! Poursuivez…
— Eh bien, Poucet était lui aussi très en colère. Il a toujours eu un faible pour Cendrillon, il lui est même arrivé de se

déguiser en Prince Charmant certaines nuits et d'aller la retrouver dans sa chambre. À mon avis, ce n'était pas seulement pour lui essayer une chaussure !
Il dérivait sérieusement, le cher docteur !
— Vous allez en venir à l'incident, oui ou non ?
J'avais quasiment hurlé sans m'en rendre compte.
— Oui, oui, j'y arrive. Donc Poucet, très en colère, entre dans le salon, une arme à la main.
— Quel genre d'arme ?
— Le vieux fusil de l'ancien garde-chasse, il fonctionne une fois sur deux.
— C'est déjà une fois de trop. Vous laissez vos pensionnaires jouer avec une arme ?
— Eh bien… Poucet ne s'en servait que pour faire peur aux oiseaux quand ils venaient chiper les miettes du petit déjeuner. Depuis l'épisode de la forêt, il ne supporte plus les oiseaux qui mangent les miettes de pain… C'est à cause d'eux que lui et ses frères se sont perdus.
— Docteur…
— Oui, oui ! Donc, Poucet a braqué son fusil sur Carabas en l'insultant copieusement et il a voulu enjamber la table basse pour se rapprocher. Il portait ses énormes bottes – il se balade toujours avec ses bottes de sept lieues –, il s'est pris les pieds dans la table et s'est affalé sur le tapis. Dans sa chute, le coup est parti et a touché légèrement le frère de Carabas au bras. Ensuite…
— Oui, ensuite ?
— C'était la mêlée générale, les fratries se sont regroupées, soudées, solidarisées ! Cendrillon, sortie de sa chambre avec ses demi-sœurs, Hansel et Gretel, Carabas et son frère, les deux sœurs des « Fées », tout le monde s'est jeté à corps perdu dans la bataille pour défendre son frère ou sa sœur !... C'est à ce moment que j'ai appelé la police…

Je regardai mes notes.
— Pour l'instant, personne n'a porté plainte, mais il y a eu un blessé…
— Lieutenant, cet événement aura finalement des conséquences positives inespérées sur la pathologie de mes pensionnaires. Les fratries se sont reformées, ressoudées, c'est un pas énorme ! Si on pouvait ne pas donner suite à cette affaire…
J'en avais assez entendu. Je coupai l'enregistreur.
— Si personne ne dépose plainte, il n'y aura aucune suite.
Le visage du docteur L. s'illumina :
— Merci, Lieutenant ! Je vous suis très reconnaissant.
Je me levai, allai vers la porte et la verrouillai d'un tour de clef.
Devant son air vaguement inquiet, j'ajoutai :
— Vous n'êtes d'ailleurs jamais venu dans ce bureau. Et personne ne vous a jamais vu.
Je retroussai les manches de ma chemise avant que le pelage qui poussait à vue d'œil n'entrave mes mouvements.
— Vous ne regardez jamais le ciel la nuit, docteur ? Jetez un coup d'œil par la fenêtre… On a rarement vu une pleine lune aussi brillante, non ?
Dans son regard ébahi flottait une lueur d'incrédulité terrifiée.
— J'ai apprécié vos contes pour enfants, vous auriez dû vous pencher aussi sur des légendes plus sombres.
Je voyais cheminer dans son regard l'impossible vérité.
— Rassurez-vous, je ne vous infligerai pas le hurlement du loup, j'ai appris à me contrôler. Mais j'avoue que toutes ces jolies histoires m'ont mis en appétit !
Quand je me penchai sur lui, il recula si violemment que sa tête cogna le mur et qu'il s'écroula sans connaissance.
Juste au moment où je souriais de toutes mes dents…

Ce que pensent les micocouliers
Nathalie Wilhelm

J'ai grandi dans un monde où l'homme s'oppose à la nature. C'est bien simple : soit il l'aménage, soit il la détruit.
Pour ma part, j'ai la chance d'avoir vécu dans un petit jardin privé du sud-est de la France, au milieu de plantes méticuleusement disposées à égale distance les unes des autres et soignées quotidiennement par le maître des lieux. L'été y est particulièrement chaud. Nous y vivons en paix. J'ai échappé à la destruction, je suis donc chanceux me direz-vous.
Seulement, voyez-vous, je ne sais pas celui que j'aurais pu devenir si l'œuvre de l'homme n'avait pas fait de moi le micocoulier distingué que je suis devenu. Il m'arrive de l'imaginer lorsque je sombre dans l'ennui. Le temps semble alors passer plus vite et pour un temps j'oublie. J'oublie les douleurs qui me reviennent des jours anciens et je suis apaisé.
Car il faut tout de même que je vous raconte à quel point j'ai aimé l'un d'entre ces humains dont je juge les actes, et à quel point j'en ai souffert. Cela pourra vous paraître contradictoire, mais qui peut dire qu'en lui aucune part d'ombre ne sommeille ? Ne sommes-nous pas multiples et pleins d'ambiguïté, pour ne pas dire de divergences ?
Quand Émilie est née, il m'a paru évident que ce soir-là toutes les étoiles avaient eu pour consigne de s'aligner à la

lune. Le monde avait soudain cessé d'être terne. Il s'était illuminé.

Émilie a grandi auprès de moi. Elle a profité de mon ombrage les jours de grand soleil et elle s'est amusée entre mes branches tout le temps qu'elle a pu. Chaque jour la transformait davantage et naturellement, je m'y suis attaché comme à n'importe quel autre de mes semblables.

Je me souviens de ses longs cheveux blonds et de ses doux regards. Vous n'auriez pas trouvé plus belle plante à mille lieues à la ronde. Elle n'avait rien d'exceptionnel en somme, je tiens à le préciser. Elle restait une humaine : imparfaite et de chair ; mais elle était inégalable et ses rires m'enchantaient.

Le jour de ses seize printemps, un jeune homme dont la croissance semblait en berne depuis trop longtemps, avait eu l'audace de poser ses lèvres pleines de cette sécrétion visqueuse que vous avez pour mauvaise habitude de produire en abondance contre les siennes, chastes et pleines. L'abominable scène s'était déroulée tout près du cœur qu'Émilie avait gravé sur mon écorce le jour où elle avait fredonné cette mélodie venue d'ailleurs dont les sonorités me chatouillent encore les micocoules : « *cucurrucucu paloma* »… C'est ce jour-là que j'ai saigné pour la première fois. L'amour avait jailli en moi comme un geyser au milieu d'un désert aride, improbable et violent, nécessaire mais cruel.

Dès lors, les choses avaient changé. Lorsque Émilie laissait ses mains glisser sur ma pauvre enveloppe rugueuse ou que ses mèches aux senteurs d'agrumes venaient s'emmêler dans mes branches au gré de la brise légère des petits matins blêmes, je me surprenais à m'enivrer d'elle plus que de raison, la sève brûlante de désir. Lorsqu'il lui arrivait de venir plaquer sa poitrine lourde tout contre moi et que son souffle chaud exhalait son haleine le long de mes stomates, il m'arrivait de tressaillir depuis la racine jusqu'aux feuilles et de me fustiger en me répétant n'être pas celui qui, comme n'importe quel gredin de son espèce, pourrait la prendre dans ses branches.

Puis, sans crier gare, Émilie avait atteint l'âge de dix-neuf ans. À cette époque, un tourbillon de vie semblait l'avoir emportée. De nouvelles idées émergeaient continuellement et un bouillonnement s'emparait d'elle. C'est alors qu'Émilie commença à me parler de son rêve de voyage. Elle s'était mise en tête d'arpenter une certaine forêt d'Amazonie dont je ne saurais vous retrouver le nom. C'était, à ce qu'elle en disait, un « paradis terrestre ». Elle en faisait une obsession et s'était mise à me décrire ce lieu maudit durant des heures, vantant la hauteur des arbres de « la forêt qui culminait au-dessus des nuages ».

Je ne sais pas vraiment ce qui est bien ou mal, car la nature est ainsi faite qu'elle n'en a pas conscience, mais dans ces moments-là, il m'arrivait d'envier cette terre inconnue qui, sans que je comprenne par quel tour de force, avait fait briller les yeux d'Émilie. Je la haïssais cette forêt, à un point tel qu'il ne m'était pas permis de le dire. Était-ce pour le mystère qu'elle incarnait ou pour sa rareté, pour son inaccessibilité ou pour son incomparable beauté qu'il lui avait été donné de l'envoûter ? Était-ce la diversité de sa faune, les vertus de ses plantes, ou comble de l'ironie, était-ce pour son côté sauvage que cette intruse m'avait volé l'exclusivité qui donnait un sens à ma vie ?

Longtemps, j'ai tenté d'adopter en vain les mêmes attitudes que les arbres qu'Émilie me décrivait. Longtemps, j'ai cherché à leur ressembler pour espérer qu'elle s'aperçoive que je n'étais pas si différent du rêve qu'elle souhaitait effleurer et que son bonheur était de vivre à mes côtés.

Qu'avaient ces arbres que je ne pouvais lui apporter après tout ? Comme eux, j'aurais couvert tous ses besoins en oxygène, comme eux, j'étais fait de bois. Comme eux, j'étais vert et feuillu. Mais il faut croire que le propre de l'homme est de souhaiter ce qu'il n'a pas. De la frustration de l'être humain naissent ses plus grands désirs.

Puis un jour, Émilie est partie. Elle m'a abandonné et je ne l'ai plus jamais revue. Probablement a-t-elle rejoint cette forêt qui la fascinait tant pour y vivre sa vie. Probablement a-t-elle trouvé ce qu'elle cherchait. Moi je suis resté là, je n'ai pas eu le choix, et les lunes se sont succédé sans que ma douleur cesse. Elle s'est transformée et s'est peut-être atténuée, cette douleur, mais ne disparaît pas.

Vieilli, las et bientôt sec, je ne me résous pas à cesser d'attendre. J'attends que ma douce revienne s'abriter sous mes branches les jours de grand soleil, j'attends son souffle chaud et son parfum d'agrume. Mais deux cents ans ont passé et j'ai le pressentiment qu'elle ne reviendra plus. À force d'observer les occupants de cette maison sans vie, je crois avoir compris que nos échelles du temps ne correspondaient pas. Vous disparaissez vite et ne laissez que peu de traces qui soient de chair ou d'os. Quelques breloques au mieux.

Certains soirs, alangui par la brume d'automne, il m'arrive de me perdre en pensée et d'imaginer ce qu'elle a pu trouver là-bas. J'espère, malgré toute ma rancœur, qu'elle y a vécu heureuse, qu'elle a pu être mère et qu'elle aura pensé à moi. Mais tout naturellement, j'en viens à songer que si nous autres, les arbres, avions su nous organiser pour qu'il y ait une justice, j'aurais, aussi sûrement que le désert avance, pu obtenir ma revanche sur cette méprisable forêt qui a volé le seul amour dont la terre nourricière a su me faire don.

Voilà donc ce qu'un micocoulier peut penser à l'hiver de son existence, alors que la déception et l'ennui ne l'ont pas épargné : je pense que l'homme ne me décevra plus à présent, car j'en ai trop souffert. Je pense qu'il poursuivra son œuvre et que j'en suis fort aise : avec un peu de chance, s'il ne l'aménage pas... il détruira l'Amazonie et ainsi me vengera !

Oui
Sarah Perahim

Il suffirait de si peu pour que le vent tourne. Un tour de tête vers une fenêtre, une inspiration, un bruit de pétard dans la rue déserte, un hochement bref de tête, un mot d'amour, un petit rien pour que cesse la chute brutale, pour que les visages se détendent, que le jour naissant invente une nouvelle manière de se comprendre.
Et pourtant, ce sont tous ces petits riens qui mènent au drame, ces choix mesquins qu'on fait pour se donner une raison d'être. Ne pas choisir, c'est être mou, c'est être vide, c'est être rien, un looser, un paria, un laissé-pour-compte. La liberté a cette paresse de ne combler que les manques. Tous nos traumatismes convergent vers nos choix et nous ne sommes libres que de souffrir, pour bien se confirmer qu'on est condamné à revivre les situations que nous fuyons. La liberté, c'est choisir ses propres chaînes.
Sophie regarda son mari dont le visage tremblait d'une tristesse lasse. Elle le regardait d'en bas, suppliante, elle, dans le lit, lui debout. Est-ce bien fini ? Il semble que le petit rien ait enfin mené au tout, au tout valdingue, au tout s'envole, au tout arrive bien qui finit mal.

On était samedi. Ils s'étaient disputés très fort chez son ami de beuverie, Anthony. Un de ces idiots, qui à 35 ans vante encore les vertus de l'ayahuasca, la drogue des chamans d'Amérique du Sud pour touristes friands de voyage spirituel, le roadtrip en sac à dos, le CBD et Che Guevara ;

un vieux hippie dont les murs de la garçonnière sans âme arboraient les figures classiques de l'anticapitalisme : une photo de John Lennon, un mauvais dessin de Bob Marley, et une horloge murale au thème Pink Floyd. Sophie avait roulé les yeux au ciel quand elle avait dû pousser, en allant aux toilettes, le hamac en tissu du Pérou, qui prenait plus d'espace que le canapé, placé au milieu de la pièce, en diagonale, symbole du néo-baba cool, trop en marge de la société pour dormir dans un lit, comme tout le monde. Elle avait beaucoup hésité à rejoindre Victor, mais ils faisaient rarement la fête, et il disait toujours qu'elle n'aimait pas ses amis. Il pensait qu'elle les regardait de haut, elle, l'intellectuelle diplômée, qui n'avait pas eu à s'imposer un voyage en Patagonie dans la crasse et la misère pour trouver un sens à sa vie. Sophie avait hésité, elle savait qu'elle n'aimerait ni l'ambiance ni la compagnie. Mais Sophie n'aimait pas l'idée de rentrer seule dans leur grand appartement vide du XVIe arrondissement, celui qu'elle avait hérité de sa grand-mère à l'âge de 19 ans, quand l'idée de payer un loyer exorbitant à Paris lui paraissait absurde. Ils s'y étaient installés par facilité, par commodité, par avarice peut-être, ou par fainéantise, diront leurs amis. Alors elle avait dit oui à la fête chez Anthony.
Bien arrosé, il n'avait cessé de l'alpaguer, de l'inciter à boire un peu, à se détendre, à s'égayer. Pourquoi les ivrognes ne peuvent-ils pas supporter que ceux qui les entourent n'aient pas besoin de se mettre au même niveau d'alcoolémie ? Pourquoi faut-il qu'il y ait cette incitation sociale à s'amuser, à se mettre au diapason, à se forcer ? On devrait laisser les gens faire ce qu'ils veulent, s'était dit Sophie. Mais se sentant en décalage, elle avait encore dit oui, pour ne pas se sentir trop vieille, trop bourgeoise, « pas dans le coup ». À mesure que son verre se remplissait,

Victor semblait se détendre à ses côtés. Heureuse de voir son homme apaisé, elle disait oui, un peu de vin, oui je peux mettre *Bohemian Rhapsody,* oui, je peux danser en rond au milieu d'un appartement plein de moisissure, oui, mon amour, oui, pour toi, pour nous, oui.

Elle se demandait continuellement ce qu'elle faisait là, alors qu'elle aurait pu écrire, lire, prendre un bain, et plus tard accueillir un Victor imbibé, gauche et adorable, dans ses bras, quand il serait rentré ce soir-là. Mais il était trop tard, elle avait déjà dit oui. Puis, elle avait dit oui à un jeu, qui avait très mal tourné. Elle n'était pas bonne joueuse, et l'autre illuminé se moquait d'elle souvent. Une certaine violence se dégage du rire qui accompagne l'alcool, un rire aux yeux sarcastiques, qui enrage ceux qui n'en sont pas. Sophie n'avait rien dit, mais Victor et elle faisaient équipe et ils perdaient. Victor aussi, allié des troupes, avait commencé à la railler, riant avec les autres de son expression renfrognée, de son incapacité à jouer sans que cela compte. C'était de trop. Elle s'était levée, elle était partie. Victor avait bien essayé de la rattraper, mais il ne comprenait pas sa peine : elle était folle, elle imaginait, elle pétait un câble, mais de quoi tu parles, reviens mon ange, il se moquait, encore et encore. Oui, elle avait trop dit oui et c'en était assez. Elle était partie, en embrassant du bout des lèvres, les barbes sales des hippies, être polie, ne pas partir trop vite, mais tout s'accélérait dans sa tête, il fallait qu'elle fuie, qu'elle rentre dans son appartement, prendre le métro, pleurer un peu, se serrer dans son manteau, se glisser dans son lit. Sans lui.

Toujours samedi, quelques heures avant la fête, il y avait eu un dîner dans un bar de la capitale. Sophie n'avait pas voulu y aller, fatiguée de la soirée de la veille, mais l'idée de rester prostrée sur un canapé qu'elle avait trop fréquenté pour s'y plaire encore, sans Victor, l'ennuyait. Et puis, Victor penserait qu'elle l'attendrait à la maison, elle n'aimait pas beaucoup cette idée, elle qui faisait tout son possible pour avoir l'air de n'avoir besoin de personne. Alors, quand son amie Fantine lui avait proposé d'aller boire un verre, elle y avait vu une possibilité de laisser un peu d'espace à Victor. Il y avait une fête chez Anthony à laquelle il voulait aller. Elle sentait bien qu'il avait besoin de faire la fête avec ses copains sans elle. Elle avait dit oui à son amie. Au moment de régler, la carte bleue de Fantine ne marchait plus, Sophie avait dû avancer, elle avait dit oui, même si Sophie, malgré son appartement dans le XVIe arrondissement, malgré ses airs de cadre dynamique, comptait les jours en euros, et son amie Fantine gagnait 5 000 euros par mois, et claquait son fric en escarpins, en herbe et en sacs. Mais elle avait dit oui, puisque c'était son amie, et que Fantine avait cette générosité culpabilisatrice qui obligeait ses amis à lui payer de temps en temps un verre, même si elle ne connaissait pas le sens du mot « découvert ».

Et plus tôt encore, dans l'après-midi, quand Victor avait voulu rester avachi devant la télé, plutôt que de profiter d'un ciel ensoleillé de février, comme ils l'avaient dit, pour aller voir une expo, se balader, faire des activités de couple, remplir leurs êtres d'autres choses que d'eux-mêmes, elle avait dit oui. Leur équilibre était si fragile, leur tendresse, constante depuis quelques semaines seulement, elle ne pouvait pas perturber ce rythme aux accents d'instabilité. Elle avait dit oui.

Et la veille, le vendredi, à un anniversaire dans un restaurant de mangeurs de graines/gluten-free/vegan parisiens, quand il avait fallu diviser la note en 20 et que Sophie avait dû payer le triple de ce qu'elle avait consommé, parce que « tu comprends ma poule, c'est fair » lui avait dit la connasse en jupe, qui avait ri toute la soirée très fort en s'appuyant sur les épaules de son Victor, oui, elle comprenait, elle avait dit oui.
Et l'avant-veille, jeudi, quand Gwenaëlle avait annulé au dernier moment leur rendez-vous parce qu'il pleuvait, et qu'elle était fatiguée, alors qu'elle, Sophie, avait déjà traversé la moitié de Paris à pied et foutu en l'air sa paire de mocassins noirs, sur les pavés mouillés, que pouvait-elle dire ? Oui, bien sûr Gwen, oui, pas de problème Gwen, je comprends.

Elle comprenait tous les oui qu'elle avait dit, toutes les raisons qui l'avaient poussée à accepter de devenir une personne qu'elle détestait : pingre, colérique, frustrée, excessive, irritée, mesquine, inférieure, honteuse, exclue, impatiente, rejetée, humiliée.
Et maintenant ?
Dans le silence de la nuit, les âmes troublées par l'alcool qui s'était accumulé dans les corps fatigués durant trois jours, elle se trouvait devant Victor, l'homme qu'elle aimait de tout son cœur, l'homme qui lui avait fait croire à nouveau qu'elle pouvait être digne d'amour, et il semblait la haïr. C'était tous ces petits riens, ces petits oui, dits par commodité, choisis par lassitude de ne pas être cet idéal, ce personnage principal de l'histoire qu'on se raconte pour dormir tranquille, ces oui les avaient amenés là, dans l'incompréhension totale d'attitudes extrêmes, qui ne sont que des amas de mauvaises décisions, des petits tas de

terres pourries, des monceaux d'idées de ce qu'on devrait être.

Victor était rentré quelques heures après elle. Elle avait fait semblant de dormir quelques minutes, mais elle sentait sa présence au bout du lit, l'observant, tremblant de rage, ses mouvements tendus, saccadés.

Elle s'était dit qu'il devait être ulcéré qu'elle puisse même dormir. Elle avait allumé la lumière et s'était relevée à demi. Elle se sentait si vulnérable dans son grand lit, les couvertures bien calées sous ses aisselles, comme un bouclier d'enfant. De longues secondes s'écoulèrent sans bruit. Puis Victor avait demandé : « Mais qu'est-ce qui t'a pris ? ». Comment lui dire que ce sont tous ces oui, qui avaient fait que Sophie n'avait pas pu se retenir, maintes et maintes fois, n'avait pas pu prendre sur elle et faire semblant ? Sophie restait silencieuse, incapable de former un seul mot dans sa bouche.

Et Victor attendit.

Et Victor attendit.

Et Victor partit.

Sans un bruit. Laissant Sophie dans son lit, avec son bouclier d'enfant et sa vulnérabilité lâche. Ses explications, sa tristesse et son désir de rembobiner le temps, et de commencer à dire non.

La moto de Paulette Hérisson
Laurence Chaudouët

Mademoiselle Paulette Hérisson n'avait rien d'une poule. Malgré son imposante stature, elle portait assez bien son nom. Du sensitif petit animal, elle avait le capillaire batailleur, l'allure ébouriffée, le rythme furtif et pressé. Elle portait de longues chemises et des pantalons dont elle usait les fonds de culotte sur les plages bretonnes. Elle ne détestait pas mâcher du chocolat en écoutant Chopin, dont la douceur lancinante l'écorchait tendrement quelque part dans la poitrine, qu'elle portait épanouie, savoureuse et bronzée.

Elle flottait un peu dans une vie trop évasive – partant dans toutes les directions elle souffrait de l'absence de but. Il lui manquait de pouvoir se heurter aux choses, qui se dérobaient toujours avec une politesse, une constance, une élasticité déconcertantes. Elle ne manquait pas, dès qu'elle le pouvait, de provoquer cet élément mollasse, de chatouiller l'inertie ambiante – mais les occasions de pugilat se réduisaient à l'hebdomadaire crise de nerfs de la directrice du lycée où elle travaillait comme comptable : un rien, une irritation stérile, bientôt diluée dans l'habituelle succession de bonjour et de bonsoir, de sourires automatiques, de remarques pointues, de pseudo-confidences, qu'elle subissait avec un fatalisme maussade.

Cependant, cette absence de but la réduisait peu à peu à l'impuissance. Une révolte lui venait parfois qu'elle tentait d'entretenir sans jamais pourtant dépasser le stade de l'irritation sporadique, de l'enthousiasme fugace et du désir incertain. Les quelques substituts qu'elle lui donnait en pâture – où l'on pouvait ranger un certain Gustave, massive créature de sexe masculin, aux silences obstinés bien qu'évasifs, dotée d'une moustache blonde et d'une paresse opiniâtre, qui parfois partageait le douillet désenchantement de ses dimanches – lui servaient à la fois de refuge et de tremplin, l'effet de dispersion qui s'ensuivait lui redonnant l'illusion d'une liberté perdue... mais l'avait-elle jamais connue ? Quand disparaîtrait cette pénible impression d'effort, de travail incessant, souterrain, pour recoller les morceaux d'un puzzle défait, dont le dessin final devait figurer son propre Moi ?

De cette hypothétique intégrité figurative, il n'y avait qu'une seule expression possible, et qui fut nette, évidente : la vitesse. Elle faisait de la moto. C'était un engin qu'on aurait dit recollé, rafistolé, une sorte d'énorme insecte bourdonnant, bizarrement amputé, dont la pauvreté esthétique faisait place, pourtant, une fois qu'on y était monté, à une suave, délicieuse obéissance. Quand elle roulait, un subtil dédoublement s'opérait – tandis qu'elle épousait le mouvement du véhicule, une nouvelle conscience, épurée, aiguë, naissait de cette fusion, qui lui faisait prendre de la distance, la sortait d'elle-même en quelque sorte. Dans ces moments-là, l'image du puzzle se reconstituait sans effort. Toute sensation qui lui venait s'ajustait à cette conscience sans rien modifier d'un ordre magique, souverain.

Pourtant, c'est bien dans cet état de grâce qu'elle heurta de plein front un vieux platane rabougri, qui gémit, et lui concéda de mélancolique façon la lente éclaboussure de ses feuilles chatoyantes.

Paulette Hérisson eut un œil bleu, puis mauve, et moins une jambe. Elle fut hospitalisée. On l'opéra deux fois, puis on la mit dans un lit où elle décida de passer son temps à dormir.

Cependant, la créature à moustaches – perplexe, maladroite, mal réveillée de sa paresse – lui apporte des livres, des magazines, des journaux. La malade tente de lire ces mots qui forment une barrière de petits signes agressifs. Puis le journal lui tombe des mains. Alors, l'infirmière le replace sur le lit, d'un geste assuré. Lisez donc, semble-t-elle dire, intéressez-vous à quelque chose. Faites ce qu'il faut faire : attacher les morceaux du temps les uns aux autres, accrocher les mots et les pensées, les faire aller en ligne droite, coûte que coûte, comme s'il existait un but, un modèle à atteindre.

Mais la malade ne veut pas lire, la malade ne veut pas penser, la malade veut dormir – "c'est un monde !" semble dire l'infirmière en levant les sourcils, et elle part d'un pas pressé, une cuvette à la main.

Mais quand vient le soir, Paulette Hérisson rêve. L'univers blanc de l'hôpital bascule dans une ombre paisible et voluptueuse. Les couloirs s'étirent et se changent en longues rues brillantes, des rues de soie. La seule lune tient le ciel plissé comme une sombre étoffe. Un cheval blanc grisé par la nuit caracole dans une cour pavée. Et tout au bout de la rue, la moto, luisante, caparaçonnée de métal, avance, silencieuse. Elle roule dans la rue déserte, longtemps, et dans ce silence, toutes choses se réconcilient, le sommeil des hommes avec les arbres, leurs rêves avec le vent, leurs peurs et leurs désirs avec la beauté qui se répète et sans cesse éclate dans l'absence de formes.

Quand elle s'éveille, tôt le matin, dans un petit jour bâillonné de blanc, la malade retourne au monde d'absence qui la jette dans une perpétuelle discontinuité. Peu à peu, elle devient incapable de parler. Les mots sont en trop. L'homme qui vient la voir s'inquiète. Son état s'aggraverait-il ? Non, disent les médecins, il s'agit d'un choc psychologique. Mais que peut-on faire ? demande l'homme qui vient la voir. Il faut attendre, disent les médecins. L'homme attend, les parents de la malade attendent, il n'y a qu'elle qui n'attende rien. Il lui suffit que la nuit vienne – les intervalles de veille, de douleur et d'angoisse se font de plus en plus rares.

Une nuit, la fidèle moto traversa l'hôpital pour venir la prendre. Toutes deux partirent dans les rues, d'un seul élan, dans lequel les désirs avortés, inexprimés, réprimés, trahis, s'épousèrent en une seule force, comme dans une symphonie où la musique culmine en un point de subtil déséquilibre, toujours sur le point de basculer, de perdre le lien, de se déprendre de la mélodie, et toujours retenue par cette tension, cet effort vers l'expression – elles se perdirent et se retrouvèrent dans cette harmonie divine, inexprimable, qui est absence et délivrance.

Le lendemain, l'homme qui venait la voir, des fleurs à la main, s'en retourna tenant ses roses tête en bas, qu'il jeta pour acheter, trois jours plus tard, des chrysanthèmes.

Séléné
Melanie Foehn

Assoiffée de lune, une silhouette nimbée de blanc sortit dans la nuit. Elle emprunta, furtive, une rue déserte où le plus léger bruissement de feuilles eût, à coup sûr, réveillé une terreur ancienne ; une terreur qui est, tout simplement, et attend. Seulement, là où sans partage règne le silence, il n'y a pas d'arbres ; l'eau vieillie de la dernière pluie absorbait des taches de lumière sale. Cette lumière blafarde et diffuse émanait de lampadaires qui, çà et là, se dressaient comme des pals. Oui, ces rues, décidément, étaient vides : il n'y avait rien, pas un bruit, ni âme qui vive. Hâtant le pas, elle semblait fuir. Était-ce la peur d'être effleurée par des fantômes qui la tenaillait et lui donnait, à cette ombre brumeuse et sans voix, l'air de flotter, ou cherchait-elle seulement à se soustraire à l'étau glacial de la nuit ?
La lune était absente ; elle courait à elle. Comme elle quittait la ville, un crachotement d'étoiles s'étala dans le ciel. Enfin, la lune rousse sortit des ténèbres ; elle était portée par un nuage noir et, s'élevant au-dessus de la plaine uniforme et muette, déversait déjà des reflets vermeils mêlés d'ocre, d'ambre et de carmin sur cette immensité presque nue. En voyant cette lune cuivrée, signe de mauvais augure, une sensation obscure, incertaine, vous eût d'abord saisi ; enfin cette peur visqueuse – celle qui, à l'approche d'un effroyable danger, engourdit le corps, interdit tout geste, s'empare de l'esprit, l'évide de toute pensée et vous

dévore ! Sur la plaine, à l'horizon du ciel, un étrange tableau achevait de se dessiner : un trait de lumière diaphane se meut en toute grâce contre un abîme de ténèbres, et poursuit un astre sanglant qui, s'il eût été double, aurait ressemblé aux pupilles froides et figées d'un monstre de la fin des âges.

Séléné resplendissante accourt vers la lune. L'éclat blanc de sa longue chevelure n'a d'égal que l'opaline de ses bras, et ses yeux brillent d'une lueur sulfureuse d'éclair. Les traits de son visage se dessinent à peine : une aura bleutée esquisse des détails si légers que l'on peine à les discerner. Cependant, le tracé délicat des lèvres, du nez, des oreilles, invisible à l'œil, était bien là. Ce n'est pas qu'elle fût sans visage, on en devine plutôt toute la finesse diaphane. Elle semble toucher l'astre mourant ; il lui suffirait d'élever le bras pour en effleurer l'arrondi de ses longs doigts fuselés, mais c'est le chuchotement de l'eau qui l'attire maintenant, car en suivant le trajet de la lune dans le ciel, elle avait rejoint la lisière de la forêt, un océan d'arbres dont la magnificence laisse toujours le voyageur sans voix.

Elle pénètre au plus profond de la forêt. Là-haut, la lune agonisante faisait parfois des apparitions au-dessus de la canopée trouée, laissant transparaître un peu de lumière jusqu'au tapis de mousse et de fougères dorées qui recouvrait un entrelacs de racines, et la terre enfouie sous une gaze de brume ne respirait plus. Le murmure du vent soulève les branches et fait frémir les feuilles : il y avait comme un fredonnement imperceptible dans l'air, une agitation parmi le peuplement des arbres aux troncs tordus comme des suppliciés, et l'émanation de clarté garancée achevait de donner un air irréel aux choses. Mais le vent amène aussi le chuchotement d'innombrables voix qui parlent une langue étrange : on dit que les esprits de la forêt, les âmes errantes de défunts, que toutes sortes de créatures bizarres s'éveillent quand apparaît Séléné.

Pour le voyageur imprudent, c'était un lieu d'une indicible beauté. Les arbres sont si étroitement pressés les uns contre les autres que, tel un hurlement, le moindre souffle tranche ce calme parfait, ce silence absolu ; l'atmosphère se referme alors sur le visiteur comme les mâchoires d'un étau. De ce séjour hors du monde, on ne revient pas : en se rendant en ces lieux c'est, dit-on, à l'appel des morts que l'on répond. D'ailleurs, n'y cherchez pas la vie, car partout vous ne verrez que la mort : des hardes abîmées par le temps, ici une chaussure, là un chapeau, un peigne, un amoncellement de mégots, des cadavres de bouteilles autour des restes fumants d'un foyer, les odeurs fantômes d'un repas, un duvet crasseux rongé par l'humidité. Au loin, peut-être verrez-vous une étrange lueur qui virevolte et s'évanouit telle un feu follet, ou encore, abandonné au creux d'un arbre, sous une pierre noire polie par les siècles, un parchemin étonnamment préservé, qui comprend le dernier vers d'une célèbre complainte amoureuse.

Séléné se souciait peu de la mort : elle se rendait à la cascade. Le sentier grimpait le long d'un flanc de montagne et à mesure qu'elle s'approchait, les soubresauts de l'eau devenaient de plus en plus distincts. C'était, en cette saison, un filet assez mince qui formait un réservoir étroit dont la surface immuable se noyait dans l'obscurité, en jetant des éclaboussures d'argent. Derrière, on voyait l'entrée d'une cavité aux parois glissantes, on en devinait même les confins obscurs. Séléné contempla longuement le jaillissement de la cascade, puis ses yeux s'arrêtèrent sur l'eau stagnante et noire du lac. Elle se pencha au-dessus de la surface tranquille de l'eau et resta ainsi à se mirer, puis se coula dans le lac.

Auryn cédait à la nuit, à l'attrait de l'inconnu. Il franchit un passage voûté, celui qu'il avait repéré l'autre jour sur le sentier et qui avait tout l'air d'un seuil donnant, peut-être, sur un autre monde. Il traversa un dédale de ruelles, de cours et d'arrière-cours sombres. Le voilà enfin à l'air libre, loin d'eux ! À présent, il marchait sans but, mais d'un pas vif, et ne s'arrêta que pour contempler la lune. Elle était si étrange et si belle que, pris de vertige, il se sentit défaillir.
Il se retrouve à la lisière d'une forêt sombre, où le silence est partout et le bois impénétrable. Il hésitait, puis se décida. Le chemin était incertain : il pouvait chuter brusquement ou serpenter le long d'une pente qui, d'un coup, se raidissait vers le sommet invisible de la montagne. Soudain, il crut voir une ombre fugitive entre les arbres. Pétrifié, il n'osa plus le moindre geste et tous ses sens aux aguets, le souffle court, il guetta de nouveau l'apparition, ne vit rien. Il se mit à épier quelque dérangement imperceptible, un bruissement étouffé ; l'oreille aux aguets, il cherchait des bruits animaux : un hululement, le couinement surpris et à peine audible d'un rongeur attrapé, des yeux rouges. Rien ! Un long frisson le traversa par tout le corps, il s'avança prudemment. Toujours rien. Il se remit en chemin, admirant de temps à autre l'émanation de lumière inhabituelle qui donnait aux objets un liseré nacarat.
Le bois se fit plus épais encore, Auryn dut avancer sans repères, en tâtonnant dans la pénombre toute de vermeil et de pourpre ; ne sachant où aller, ne pouvant plus continuer, il resta planté là, incrédule, ahuri, inquiet comme une bête traquée. Un courant d'air froid, glacial, venait du fond de la forêt, là où se posait son regard. Il lui sembla voir une

masse sombre, indistincte, se dessiner au loin. Cette forêt était par trop étrange : elle était trop effrayante. Il sentait une menace poindre, celle qui, justement, le guettait tout à l'heure. Transi, ses jambes ne lui répondaient plus, ses gestes étaient entravés : il ne pouvait fuir, ni appeler à l'aide. Il fut saisi d'effroi quand soudain un son se fit entendre : c'était un gémissement sourd et continu, une lamentation déchirante qui traversait tout l'espace, se rapprochait d'arbre en arbre, pour venir vers lui, inéluctable et sans pitié. Une foule d'esprits en colère et assoiffés de sang allait se jeter sur lui, le mettre en pièces, et lui voler son âme !
Une voix susurra son nom au creux de l'oreille : *Auryn*. Il aurait voulu se perdre dans le son de cette voix. Alors s'éleva dans l'air un bruit enchanteur : au loin, le sautillement de l'eau. Il crut d'abord à une illusion. Comme le doux bruit persistait, il se laissa guider jusqu'à la cascade. À mesure qu'il s'en rapprochait, il oubliait tout à fait d'avoir peur. Enfin, il la vit : elle était assise au bord de l'eau, la clarté étalée autour d'elle prenait des allures de pétales de rose, et elle le regardait de ses yeux de givre. Elle était immobile comme une pierre, son sourire de sphinx l'appelait à elle ; elle vint à sa rencontre avec toute l'agilité de l'air, l'entoura de ses bras. « Viens avec moi », lui dit-elle. Dans l'extase d'un désir d'amour, elle l'attire à elle. L'emprise irréelle de cette voix, ce corps lisse comme la pierre polie par l'eau, le charme des senteurs vagabondes de la nuit, les racines folles, les branches de pénombre, le silence, tout se referma sur lui, et il ne vit pas la lune sanguinolente dans la bouche de Séléné. Quand il expira, l'astre dans le ciel avait retrouvé son miroitement bleuté, et la pluie nouvelle, diaprée des reflets nacrés de la lune, rompit le silence de la nuit.

SOMMAIRE

L'Or des cicatrices	3
Rose et la vie de château	11
Sang d'encre	17
Pluie de poudre sous un ciel de plomb	20
Prendre le temps	25
La demeure du cœur	33
L'oreille absolue	36
Coda	44
Le secret de Madame Sourire	50
Les Amands	57
Syndrome de Stockholm	64
Scènes de vies	66
Entre chien et loup	73
Ce que pensent les micocouliers	79
Oui	84
La moto de Paulette Hérisson	90
Séléné	94